文學新象 242

行李箱裡的一萬顆星星

A LIST OF CAGES

蘿賓·洛——著　　陳思因——譯

高寶書版集團

被無助、恐懼的感覺侵擾，對自己、他人、世界一度失去信任的孩子，如何感受到黑暗中有一萬顆星星照亮著他，需要有永不放棄這些孩子的生命貴人帶來希望。

——花蓮兒家協會諮商心理師 林秋芬（與身心受創的兒童少年進行心理諮商工作已逾 17 年）

用善意擁抱世上難免的惡意，我們都做得到。

——臨床心理師、作家 蘇益賢

不僅孩子愛不釋手，大人讀了也會淚流滿面的小說。最終，挽救孩子身心的是孩子們自己，不是成人給的疏離網絡。

——家庭醫師、「還孩子做自己行動聯盟」發起人 李佳燕字裡行間綻放出一種特別情感，讓人無法遺忘。
——家扶基金會執行長 何素秋

這是一本流轉善意的療癒系小說；也是救贖無光靈魂的有情書。
——作家、新北市立丹鳳高中圖書館主任 宋怡慧

《行李箱裡的一萬顆星星》不只是一本青少年小說，更是一本充滿隱喻，而且探討創傷的書。本書的主角，因為害怕再受傷所以必須築起防衛，使得要靠近他的人變得非常不容易，但一旦你不小心劃入他們的內心，淚水和愛就會一起湧現。特別喜歡一開始提到的《水手朱利安》的故事，在童話或者是英雄故事的分析裡，主角往往都是個孤兒，然後在旅途當中，逐漸變成英雄，表面上是拯救世界，實際上是拯救他內心原先已經崩壞的世界。這個故事，某程度上也反映了朱利安的狀況，完全可以想像他在祕密基地裡，是如何得到這樣的慰藉。另外一個認同的角色是亞當，想當年我也當過那個角色啊！在團體諮商室一次要面對這麼多孩子，每一個都有他們自己的狀況，真的是會覺得步步為營、而且每次都很困難，我覺得這本書不僅適合心靈受傷的孩子，也適合助人工作者。
——科普心理學作家 海苔熊

獻給教我全心去付出、去愛的母親，
並以此書紀念傑米，這位美好的小男孩提醒了我，
內在比外表呈現的更重要。

第一部

〈1〉朱利安

學校裡有一個空間，除了我以外沒人知道。要是我會瞬間移動，現在就可以到那裡去，也許我應該再專注一點——

「朱利安。」皮爾斯校長喊了我的名字，害我抖了一下。「你上高中不到一個月，就蹺了六堂英文課。」

我很確定不只六堂，但大概沒人發現我不在教室。

校長往前靠，兩隻手握住彎曲的高拐杖，拐杖上端有一個小雕飾，我聽其他孩子討論過，不知那究竟是地精、長髮精靈，還是皮爾斯校長自己的小雕像。現在這麼近距離觀看，我覺得真的看不出來。

「看著我！」他大吼。

我真的不明白，為什麼大家生氣時，都要你看著他們，這種時候明明是最想別開臉的。我照他說的做，這間沒有窗戶的辦公室彷彿開始縮小，我也跟著縮小，變成皮爾斯校長注視下的渺小男孩。

「如果你把頭髮剪一剪，就能好好看著別人的眼睛。」我把臉上的頭髮撥開，他卻瞪得更凶了。「你為什麼不去上課？」

「我……」我清清喉嚨，「我不喜歡。」

「你說什麼？」

大家老是要我再說一次或是大聲一點。我不喜歡英文課的主要原因，就是克羅絲老師都要學生大聲朗讀，輪到我的時候，我總是結結巴巴的，然後她會說我念太小聲了。

於是我現在稍微放大音量，「我不喜歡。」

皮爾斯校長挑起兩邊灰白眉毛，一臉驚訝。「你真的以為，**不喜歡上課就可以不去上課嗎？**」

「我……」說話對大家而言是很自然的事，有人對你說話，你很自然就知道要回什麼。但對我而言，腦袋和嘴巴之間的線路好像壞了，呈現罕見的癱瘓狀態，我沒辦法回話，只好甩著鞋帶的塑膠前端。

「回答我！不喜歡上課就可以不去上課嗎？」

我知道我真正的想法，可是大家不想要你說出真正的想法，而是要你說出**他們的**想法，但要弄清楚對方的想法可不容易。

校長翻了翻白眼，「年輕人，看著我。」

我抬頭看著他漲紅的臉。他的表情猙獰，不曉得是不是膝蓋或背部又在痛了。「對不起。」我對他說，他整張臉開始放鬆。

然而突然間，他濃密的眉毛皺在一起，手打開一個寫有我名字的資料夾。「我得打電話給你的爸媽。」

鞋帶從我僵硬的手指間滑掉。

他露出微笑，「你知道什麼對我的心臟有益嗎？」

我搖搖頭。

「每次我說要打電話給爸媽，學生就露出害怕的表情。」他把話筒拿到耳邊。時間一秒一秒流逝，他和他的木製怪獸注視著我，然後他慢慢把話筒拿開。「我也可以不必打電話……只要你保證再也不會被送來校長室。」

「我保證。」

「那就去上課。」

我來到走廊，試著恢復呼吸，但卻像在最後一秒閃過疾馳車子的人一樣驚恐。

＊＊＊

我走進「兒童發展課」，所有女孩像是發現危險的鹿群一樣抬起頭，看見是我之後又轉過頭去，彷彿我不存在。

我站在教室前面，卡萊兒老師瞪著我的點名單。儘管沒人看我，我還是忍不住去想我的頭髮太長、牛仔褲太短、上衣太小、身上穿的每件衣服都又醜又舊。

「我已經登記你曠課了。」卡萊兒老師嘆氣。她的年紀可能比皮爾斯校長大，頭髮原本是金色，眼珠子原本是亮藍色，隨著時間都像照片一樣褪色了。「我不曉得該怎麼辦。」

我知道新的線上出席系統害她壓力很大，她幾乎每天都提起這件事。「對不起。」我說。

「沒事。」她的肩膀下垂，顯出疲憊的姿態。「我會處理。」

我走向位在教室後方的位子，教室裡僅有的另一位男生傑瑞德揮手吸引我的注意。

「你今天也會和我一起搭校車嗎？」他說。

我沒有回答。

卡萊兒老師宣布我們要分組完成作業，大家紛紛對想找的人高喊，然後把桌子圍成一個圓。

我大概是全校最討厭老師要我們自由分組的人。我的頭低到桌面，閉上眼睛，過去我以為只要自己夠專注，就可以隱形，現在我已經不信這一套了，但有時還是想試試看。

「朱利安。」卡萊兒老師說，「你今天問題真多，找個小組加入。」我轉頭看看那些已經分好的小組，胃突然一陣絞痛。「加入離你最近的小組。」

離我最近的是克莉絲汀，她有一頭橘色頭髮，眼睛凸凸的，看起來有點像金魚。她惡狠狠地瞪著我，我覺得自己像是穿了一件有問題的隱形斗篷，只要我做了蠢事就會失效。

我和克莉絲汀是今年剛開學時認識的。第一堂課她拍拍我的肩膀，問我是不是在讀《水手艾利安》，我小心翼翼點頭，因為從來沒有人主動和我說話。她繼續問我書的事，我便滔滔不絕說下去。沒錯，是《水手艾利安》，大概是整個系列裡我最喜歡的一本。克莉絲汀不斷點頭，問我問題，說她妹妹也喜歡這個系列，然後她補了一句：「我妹妹**七歲**。」

周圍的人開始大笑，我把書藏進背包裡。到了下一堂課，我發現書不見了。到了第六堂課，我削好鉛筆走回教室，看見書在我的椅子上。

我打開來，看到每一幅插畫都被人用黑色麥克筆塗過，艾利安的褲襠都畫上了生殖器，還有飄浮的生殖器對著他的嘴巴。我的眼睛刺痛，抬頭看見全班都在看我。我在人群中發現克莉絲汀的金魚眼，接著她俯在桌上，笑到全身顫抖。

「朱利安！」卡萊兒老師大喊，「快去。」

我快速搬起桌子，加入那群女孩。

「那麼，薇奧莉、珍，」克莉絲汀說，「我們要分工嗎？」

我打開課本，假裝沒聽見她把我排除在外。

「好啊。」薇奧莉說，「朱利安，你想要——」

「我想拿好成績。」克莉絲汀打斷她，「所以我們三個做就好。」

薇奧莉沒有回話，我繼續假裝什麼都沒聽到。

＊＊＊

下課鐘聲一響，彷彿有人踢翻了蜂窩似的，學生從四面八方蜂擁而出，校園突然爆出大量噪音，有說話聲和手機訊息聲，而我卻僵直站在校門外階梯最上方。

我爸靠在對街一棵大樹旁。

小時候通常是媽媽來接我放學，但偶爾爸爸會提早下班，給我驚喜。他不會在家長接送車陣中，他都走路來接我，雙手永遠像剛玩了手指畫的孩子一樣沾著墨水漬，而且他會說：「這麼好的天氣就該散散步。」即使是雨天他也這麼說。

然而對街那個人當然不是我爸，只是陽光透過樹枝，照在停下來喘息的慢跑者身上所形成的幻象。

我站在這裡，心情沉重。

沉重到眼前的階梯彷彿變成難以爬下的高山。沉重到我花了一點時間，才有力氣走漫漫長路回家。

走了十個街區後，我開始發抖。雖然有點早，但秋天確實來了。過去三個月彷彿不存在，因為以前每年夏天，我們家都有固定的行程。

我應該要和爸媽去海邊，一起看煙火，買仙女棒，挖貝殼。我應該要熬夜坐在前廊吃冰棒，媽媽在彈吉他，爸爸在畫畫。等他送我上床睡覺時，他會問我：「幾顆星？」

通常我會說九顆或十顆，但如果那一天我過得特別開心，就會說**一萬顆星**。

然而今年沒有煙火，沒有冰棒，沒有夏日玩樂，我的心像是漏掉沒過聖誕節一樣痛。

＊＊＊

放學時感到的沉重，在我踏進空蕩蕩的家時再次浮現。這個家的每個角落都是優雅的深色，光亮、整潔，每一件家具都經過刻意擺設，每個色彩都是經過專人搭配，這是我以前夢想中的家……可真的住進來又是另一回事。

我走進我的房間，地面是打過蠟的木地板，牆壁漆成駝色，還有高級家具，我的目光卻只看見唯一和房間格格不入的東西：放在床腳的鋼製行李箱。這是九歲那一年，爸媽買給我去夏令營用的。他們說我自己去夏令營很勇敢，但後來我太想家，連第一晚都撐不過去。

我把背包丟在地上，掀開行李箱厚重的蓋子，看著裡頭我愛的物品，心忍不住揪了一下。相簿、《水手艾利安》書籍，還有媽媽的綠色線圈筆記本。今天我沒有去碰那本筆記本，而是翻出我自己的，翻了幾頁，找到最後寫的那一頁。

過了幾個小時，我聽見車子開進車庫的聲音，便把筆放下。現在是八點，有時姨丈會更晚回來，如果他去其他城市見客戶，則根本不會回家。

我看著房門，門周圍透出走廊的光線，彷彿是通往其他地區的入口。我期待聽到他往樓上辦公室走去的聲音，因為即使他在家也是在工作。

然而我卻看見房門下方出現影子。

我閉上眼睛，但我沒辦法瞬間移動，沒辦法消失。

＊＊＊

羅素姨丈有一次告訴我，他以前又高又瘦，曾在高中戲劇社演出《小氣財神》（A Christmas Carol）中的死神。我試著想像了一下，但實在很難想像他弱不禁風的樣子。

羅素沒有說話，只是把我放在五斗櫃上的海螺拿起來，慢慢用雙手轉動。他的手指細長，像是拉長的黏土。

「功課做完了嗎？」他終於開口。

「做完了。」我回答，罪惡感立刻浮現。現在很晚了，他才剛下班，脖子上的領帶依舊打得整齊，但我連背包都還沒打開過。

他把海螺放回原位，拿走我手上的筆記本，瞇著眼睛看，把筆記本上下顛倒，轉到一邊，再轉回正面。有時候他會這樣做，取笑我字跡潦草。

「這是什麼？」他問。

「讀書報告。」

他眼神銳利地看著我，我很怕他知道我說謊。我偷看他前額和眼睛底下的皺紋，試著判讀他的表情。有時他好幾天不在，突然回家的夜晚，會像剛吃完大餐一樣放鬆、昏昏欲睡。

其他夜晚，他的皮膚底下彷彿有東西在蠕動、想掙脫。這種夜晚最好聽見他關在自己辦公室裡，雖然我會孤單一個人，但依舊好過其他情況。

他的嘴角往一旁勾起，像是在笑。「邪惡這個字拼錯了。」他把我的筆記本丟在地上，「到廚房來。」

我跟著他到廚房，他打開一個外帶餐盒，站在黑色花崗岩中島臺前，用尖銳的刀子切牛排，吃著滴著肉汁的紅肉。屋子裡很安靜，只有遠方傳來熱水器的聲音，像是你忘了把褲子口袋裡的零錢拿出來，就直接放進烘衣機裡。

「今天校長打電話給我。」羅素的聲音低沉、冷靜、沉著，但這句話卻讓我心臟快速跳動。皮爾斯校長說要是我保證去上課，就不會打電話，而我確實保證了。

有一瞬間，我眼裡浮現爸爸站在校外等我的畫面。

「你有在聽我說話嗎？」

我臉紅，趕緊點頭。我不是一個勤奮的人，不像羅素，他是我認識的人裡工作最勤奮的，打從十七歲他父親過世後，就必須自己努力工作。我再次試著想像年輕、瘦弱的羅素，但我沒辦法。

他切了牛排，咬了第二口，「你在這裡住多久了？」

我像是吞下整個冬季一樣，腹部冰冷。他要把我趕出去了，我惹毛他太多次，他受夠了。「對不起。」

「我沒有叫你道歉。」

「四年。」

「這段期間我唯一要求你的是什麼？我們唯一的協議？」

「你可以相信我。」

「你可以相信我會很乖。」

「還有呢？」他又咬了一口。

「還有呢？」

「你不需要操心我的事情。」

「我對你沒有要求太多吧？」他聲音裡沒流露的情緒，開始在他頸部的血管裡跳動。

「沒有。」

「我知道你……能力有限，所以沒有期望你拿A，甚至沒期望你拿B，但是坐在教室裡沒有很難吧？」

「沒有。」

「我不喜歡接到學校的電話，我希望能夠相信你。」

「對不起。」我是真心的。

他把刀子放在切乾淨的骨頭旁。「去拿來。」

〈2〉朱利安

今天一定會發生壞事。

幾乎每天醒來，我心底都有這種感覺，彷彿我眼睛瞎了，但有某個東西就在我旁邊，要是我看得見的話就能逃開。這種模糊卻又痛苦的念頭，一直跟隨我到第四堂課，我越是想甩掉，這個念頭越是侵蝕我。

美術老師胡珀站在我面前，拿著黃色紙張，上頭寫著「去薇洛克醫生的辦公室」，這時我才發現自己出神了。

我嘆氣。

原本上高中最棒的事，就是不必再去見學校裡的心理醫生，但是沒想到中學的心理醫生竟然也轉來這間學校工作。

「把你的東西帶走。」胡珀老師說。我拿起背包，來到走廊。

「朱利安？」

我轉身。

時間彷彿慢了下來。

我靜止不動地站在原地，全世界就像黑暗街上駛過的汽車，快速從我身旁經過。有那麼一瞬間，車頭燈照在我身上。沒錯，就是這種感覺：全身僵硬站在暗處，然後看見他，亞當．布萊克。他靠著磚牆，一副有些放鬆卻又有點侷促不安的態度。

有一瞬間，我感到一陣純粹的喜悅。我常常在想，要是再次見到他要說什麼才好，但後來發現其實沒什麼好說的，頂多說句對不起，於是喜悅消失了。

他咧嘴笑，我轉頭看看他是在對誰笑，但沒有其他人在這裡。

「是我啊，」他說，「亞當。」

我不曉得他為何要報上自己的名字，就算我不認識他，也聽過他的大名。雖然成為高中生的時間還不長，但我已經在學校聽過他的名字好幾百遍，大多是從愛慕他的女生口中。我不太明白為什麼她們會這麼喜歡他，他和以前媽媽每天早上邊幫我梳頭，邊說的那種整潔男生不同，一頭棕髮零亂，看起來像是原本往一個方向梳，後來覺得厭倦了，又往另一個方向梳，如此重複五遍。

他比我高，但不壯，不像常常出現在他身邊的那位高大金髮男孩；我還以為女生都喜歡又高又壯的男生。他也沒有受歡迎男生該有的行為舉止，我們這一年級的男生有特定走路方式，像是發怒一樣地用力踏地，可是亞當不管去哪裡都像快要遲到般匆忙，我已經不只一次看到他被自己的腳絆倒，可是他只是笑一笑，繼續往前走。

還有一件事，男生不會常常笑，我不曉得他們是真的不開心，或者只是假裝不開心。可是亞當總是看起來……很和善，既和善又傻氣，一點也不酷，然而這間學校的女生就是覺得他很酷。

亞當一臉期盼地看著我，一股焦慮從我胃裡冒出。我本來就不擅長和別人對話，而現在不曉得要和他說什麼，感覺比平常糟糕一百萬倍。

「不敢相信真的是你。」他說。

他突然往前衝過來，我趕緊往後跳開，他停下腳步，不知所措，這下我真的囧了。他是亞當，他張開雙臂衝過來可能是要擁抱我，但我內心的尷尬和創傷依舊壓倒了我。

我在轉身前看見他露出驚訝的表情，然後往薇洛克醫生辦公室的相反方向跑走。

一離開亞當的視線範圍，我便放慢了腳步，以免被其他老師叫住。我深呼吸，把已經皺掉的黃色紙張在手裡捏來捏去。薇洛克醫生很快就會發現我沒去找她，如果她告訴皮爾斯校長，他又會打電話給羅素，然後羅素會想了解我一開始為什麼會被叫去醫生辦公室。

可是如果我現在去薇洛克醫生的辦公室，她會注視我的眼睛，問一些我無法回答的尷尬問題，害我胃痛，事後她也許會打電話給羅素，要我再次去見她。

我停下腳步，受不了自己優柔寡斷。

無論哪個選項都不好。

隨著時間一分一秒過去，也許她已經告訴皮爾斯校長了。

我應該要往回走，但是雙腳不聽使喚。這一刻，去見薇洛克醫生比面對羅素還要難受，我知道也許實際上沒有那麼糟糕，如果我鋌而走險不去見她可能太蠢了，但我想我就是很蠢，我已經下定決心。

我避開英語教室區，那一科的老師會像社區巡邏員一樣站在教室前。我往科學教室區走去，空氣中有濃濃的化學味，某種生物被切開的氣味。我在走廊盡頭轉彎，全身頓時僵住，皮爾斯校長握著拐杖，彎腰站在那裡，我不清楚他是在生氣還是身體在痛。

我躲進飲水機的壁龕裡等待，默數到六十，然後窺探轉角。他抬起頭，直視著我。

我躲回去，聽見他拐杖敲地的聲音。我緊靠著牆壁，盡可能不要發出驚恐的聲音。皮爾斯校長和他拐杖上的妖精越來越近，喀、喀、喀。

他一拐一拐走過去，完全沒有看見一旁的我。

我等他離開了視線範圍，才跑過體育館，從禮堂打開的前廳進去。我溜進禮堂，身後厚重的門關上。

這裡很暗。

這是這段旅程最可怕的地方，我沒有合理的理由出現在這裡，萬一被逮到就完了。一想到此，我便不停往前跑，直到腳趾撞到舞臺。

我爬上舞臺，溜到布簾後方，這裡更加陰暗，滿是灰塵和蠟燭的味道。有一瞬間空氣密度好像變了，彷彿有東西站在我身後。

我屏住呼吸，像盲人一樣伸出雙手，腳步蹣跚，最後終於靠近我要尋找的物品：固定在牆上的黑色鐵梯。我往上爬，終於看見從閣樓骯髒窗戶照進來的光線。

這個閣樓很大，擺了非常多行李箱和紙箱，還有無數帽子和塑膠劍，其中一個角落有一隻紙糊的大龍，紅色眼睛閃閃發光。

我第一次來這裡時，很怕被發現，於是整堂課都焦慮地走來走去，但後來我發現了一個通道。

在一個舊的雕飾衣櫃後方，像柵欄一樣掛了兩片歪曲的木板，我把木板往一旁推開，看到後方有另一個房間。從閣樓到我的祕密房間，只有呈十字形的樓板可以爬行，接著有幾呎距離沒有樓板，我必須跳過去。

現在我站在自己的祕密房間裡，牆壁和地板顏色更深，氣味更加老舊。這裡沒有放東西，大小只夠我躺平，但無法轉身。這裡有一扇圓窗，像是水手艾利安船上的舷窗，往下可以看到沒有人會經過的庭院。

在這個房間裡，那股一直堵在我胸膛裡的情緒消失不見，我可以清楚看見房間四個角落，除了我以外沒有人知道這個地方。

午餐鈴聲響起，我坐起來，從背包裡拿出花生果醬三明治，和一本《水手艾利安》，這是我最愛的其中一本。有時候艾利安會去冒險，有時候他會拯救大家，這一本則是救了整個地球。

〈3〉亞當

高二的時候，皮爾斯校長讀了關於溫度和學業表現的研究報告後，從此執迷不悟。他把空調溫度調得超低，即使外頭熱到可以把人烤焦，校內卻像西伯利亞的冬天。餐廳是唯一不適用他「越冷成績越好」政策的地方，所以每次我一走進來，就會開始脫衣服。

同時還要在擠得要命的餐廳裡，努力往前走。我和朋友必須硬擠在一張只能坐十個人，卻早已超載的桌前，找空位就像玩扭扭遊戲一樣。熱度、脫衣服、彼此交錯的四肢，午餐時間簡直像沒那麼露骨的A片。

我好不容易在小翠旁邊坐下，我們的大腿緊貼著對方。她有點紅、有點金、有點棕色的頭髮，每天都盤成女生參加舞會才會綁的複雜樣式，雙眼牢牢注視著我。她的眼珠子好藍，要不是我從五年級就認識她，一定會以為她戴變色隱形眼鏡。

「嗨。」我微笑，一如往常覺得自己被她催眠了。她塗了完美的紅色唇膏，肌膚白皙，臉頰上有顆痣，看起來就像一九五〇年代的小明星。由於她太過耀眼，坐在這裡吃著用保麗龍盒子裝的油膩薯條，顯得相當不搭。我有非常多話想跟她說，但我分心了。

對面的卡蜜拉正把脖子上的圍巾拿下來，露出低領上衣，只要她打個噴嚏，乳頭就會露出來。我盡量假裝自己沒有在看她，畢竟她的雙胞胎弟弟麥特就坐在她旁邊。他們兩個同時用雙胞胎詭異的眼神看了我一眼，我覺得他們實在長得太像了，身材嬌小，深色頭髮，深色肌膚。小時候他們還穿同樣款式的衣服，直到有一天她開始穿緊身裙和四吋高跟鞋。

查理把餐盤扔在桌上，我的視線終於離開卡蜜拉。他看起來比平常還凶，費了好大力氣才擠進座位。以前我很羨慕他長得高，直到後來他長到不可思議的高度。要是你身高六呎五[1]，到哪裡都顯得格格不入。他每天都在抱怨腳抽筋、膝蓋痠痛，不過說真的，他什麼事都能抱怨。

舉個例子：「該死的高一新生，你們知道現在排隊取餐要花多少時間嗎？」

我確實知道，這一學期他每天都在說這件事。艾莉森（查理從高二開始分分合合的女友）坐在他像長椅一樣的大腿上，拍拍他、安撫他，讓查理冷靜下來是她最主要的工作。這對金髮情侶長得很像，簡直是另一對雙胞胎，我曾經對查理這樣說，得到的回應卻不太好。

「你可以自己帶午餐。」我拿起我的玻璃保鮮盒，建議他。

「豆腐？」卡蜜拉語帶懷疑。

「我才不要和你一起吃素。」查理說。

「是檸檬雞。我偶爾也會吃肉，前提是，不是繁殖場養出來的肉。試試看。」

小翠用叉子叉了一塊，像吃正式晚餐一樣仔細咀嚼，然後用手帕輕按嘴巴。「非常好吃。」她說，「你也煮給我吃好嗎？」她又吃了一小塊，邊吃邊發出滿意的哼聲。

查理用厭煩的眼神看著我們兩個，於是我拿一塊雞肉在他面前晃，「你真的不試試看嗎？這種食物對你的身體比較好，讓身體強壯，更有力量——」

1 約一九五公分。

「你確實需要。」他打岔，「**更有力量**。」大家都笑了，對此他似乎很驕傲，因為他很少能逗大家笑。接著他故意慢慢咬了一大口披薩，「我才不要自己帶午餐，是他們不應該在這裡。」

「看開點吧。」傑斯說話非常大聲，可能和他一邊耳朵依舊塞著耳機有關。他那像稻草人的身軀往前傾，把鼓棒放在桌上，他到哪裡都帶著鼓棒，爵士鼓是唯一一項不會被人笑是樂團呆子的樂器。「都已經一個月了。」

「好了啦，查理，」我咧嘴笑，「你不覺得他們很可愛嗎？」我會說這句話，是因為比起可愛兩個字，他更痛恨孩子。他似乎準備要打我，但其實他隨時都一副想打架的樣子。

我們得知必須和高一新生共用餐廳時，他異常憤怒。去年一群管太多的家長，投訴他們的孩子沒有時間吃午餐，所以今年取消了四個午餐時段——每年級一個時段——改成兩個午餐時段。雖然午餐時間變長了，但用餐的人變成兩倍，那些吃餐廳食物的學生得要花一半的時間排隊。

據說把高一和高四安排在同一個午餐時段，純粹是出於數字考量，我們人數最少，一年級人數最多。然而開學沒幾天，我開始懷疑背後有更狡猾、高明的計謀。

餐廳一團亂，高一新生像幼兒園小朋友一樣到處亂跑，老實說他們比幼兒園小朋友還糟糕，至少小朋友知道要乖乖坐好，不要用蕃茄醬在桌上塗鴉，不要拉別人的頭髮。沒過多久，四年級就受夠了，我們想要一個休息聖地，但教職員只是無可奈何地站在一旁觀看。

這種時候查理就會出面，他像魔鬼終結者一樣，走向正在彈豌豆比賽的桌前，叫他們閉嘴坐下，新生一臉驚恐、抬頭看他，好像一窩睜大雙眼、十分恐懼的老鼠，而我很清楚恐懼的老鼠是什麼模樣。

＊＊＊

我曾在寵物店打工，但只維持不到一天。那天我很早就去店裡，狼吞虎嚥地吃完餐點，準備好要和小狗一起玩——我媽對所有動物的毛過敏，所以我從沒養過狗——但很快我就發現，我的工作其實是清理糞便，焦慮動物拉出來的液態糞便。我還是清了，接著把幾隻心情不好的小狗放出來，和牠們一起在地上翻滾，逗牠們開心。

經理叫我過去。老先生長得像聖誕老人，不過鬍子有貓尿味。他指派我去清理更多糞便，這一次是出自氣呼呼的小冠鸚鵡，牠不停伸出爪子攻擊我。

整體來說，那一天原本過得還差強人意，直到有個男人走進來，說要買一隻老鼠，越胖越好。我覺得很奇怪，接著他補了一句：「是我的紅尾蚺要吃的。」那時我只在寵物店工作了五個小時，卻已經覺得要對那些動物負責，而老鼠就是最小的責任。聖誕老人告訴我，老鼠就放在倉庫一個玻璃櫃裡，他派我去執行這個可怕的任務，決定哪一隻必須死。

我打開蓋子，一百隻眼睛圓滾滾的老鼠抬頭看我，我把手伸進去，抓出一隻，小小的耳朵很可愛，不怕生。我抓著牠大概一分鐘，便又把牠放回櫃子裡，看著牠把自己藏在別隻下方。

接下來發生的事情並非預謀，而且事後絕對會後悔。我想有時候人就是會不加思索，把裝滿老鼠的玻璃櫃翻倒。在此分享一個有趣的事實：驚嚇的老鼠跑得很快。

我聽見尖叫聲後，便跑到前面店裡，看見紅尾蚺男子低身躲過嘎嘎叫的小冠鸚鵡，幾位嚇壞的小姐跳到櫃檯上，聖誕老人安撫她們，小孩子追著老鼠跑，聖誕老人的青少年員工則追著孩子跑。在這一片混亂中，我突然說出我沒辦法把活生生的動物賣給那個男人。

之後我被開除了，經理用皺巴巴的手按住我的肩膀，說：「孩子，你不適合寵物業。」他說得對，我無法讓老鼠去送死。

我也無法威嚇一年級新生。我知道這是必要之惡，所以把這個權力留給查理，他只要威脅一句，菜鳥就會乖乖坐下來，安靜吃飯。

***

查理依舊一臉火大的樣子，甚至比平常還憤怒，於是我不得不問：「你怎麼了？」

「我媽懷孕了。」他回答。

「**又懷孕了？**」傑斯說。

查理的媽媽當年不知為何，生了他之後等七年才生第二胎，接著每隔十二分鐘就會再生一個孩子。我還記得小學一年級的老師在團康活動時，告訴大家查理家有喜事，他要當哥哥了。他則跳進大家圍成的圓圈裡面，尖叫：**我的人生毀了！**

「這一個要取什麼名字？」卡蜜拉微微竊笑問道。

「希夫。[2]」

2　Shiv，原意彈簧刀。

「希夫？那不是監獄裡的刀子嗎？」幸好我和他有點距離，不會掃到颱風尾。

「而且，」查理繼續說，「我化學考超爛。真不曉得我為什麼要聽指導老師的話，上進階課程，我得叫她把我調回普通課程！亞當——」

「我會去跟她說。」要是我不立刻答應，就得聽他說如果他爸媽沒生九百萬個孩子，就有時間看他的功課。從他當哥哥的那一刻起，就一直在抱怨這件事。我知道我大可拒絕，讓他自己去和老師談，但我太了解查理了，他最後一定會出現瘋狂舉動，害自己又留校察看。

小翠這時已經快把我的雞肉吃光了，我不曉得該把保鮮盒拿回來，還是繼續看她咀嚼。

「所以你們要不要來？」傑斯問，我完全聽不懂他們在說什麼。

「可能會吧。」麥特說，「應該很酷——」

「不要。」卡蜜拉打斷他，彷彿討論就此結束。她比他早兩分鐘出生，打從我有記憶以來，她就以姊姊的姿態在控制他。

「太遠了。」查理抱怨，「開車至少一小時。」

「對啊，真的很遠。」艾莉森果然附和他，「也不知道到底好不好聽。」

「很好聽。」傑斯堅稱。他們應該是在說某個無名樂團，他從不允許其他人批評他喜歡的樂團。

坐在同一張餐桌的人（查理、艾莉森、卡蜜拉、喬、娜塔莉、凱特、碧昂卡、麥可、賈許、麥蒂、夏恩……基本上是所有人）都在抱怨他們不想去，演唱會在戶外舉行，現在是十月底，天氣很冷，地點又太遠。傑斯和麥特兩人露出失望的表情，但只能接受。

「我去。」我對他們說，心情開始興奮了起來，短暫的兜風之旅應該很好玩。「一定會很有趣。冒險之旅！我們帶毯子去。」

傑斯咧嘴笑，把一個耳機用力塞進我耳朵，「兄弟，你絕對不會失望的。聽這個。」

他每次要我聽的樂團，幾乎都是主唱用力尖叫，吉他彈得震耳欲聾，不過我依舊面帶微笑，吃著最後一塊雞肉。我另一邊沒戴耳機的耳朵，聽到大家開始討論，這麼多人需要幾臺車才坐得下。

〈4〉朱利安

放學後，我直接在校門口右轉，走進公園裡。其實這裡算不上是公園，沒有溜滑梯、遊樂器材，或其他能吸引家長和孩子的東西，不過樹木茂密，還有幾個小池塘和步道。比起走社區的路回家，我比較喜歡走這裡，不是因為路程較短，而是因為能避開傑瑞德和校車。

有時如果我努力回想，可以想起和傑瑞德在幼兒園認識的情況。我記得上學第一天媽媽來接我，我告訴她班上有個壞孩子。傑瑞德會趁老師不注意時捏其他人，用黑色蠟筆在別人的水彩畫上亂塗鴉，還會把別人堆的積木塔推倒。

媽媽一邊聽一邊點頭，然後說世界上沒有壞孩子，只有不快樂的孩子。

「妳不懂，」我告訴她，「妳沒有親眼看到。」

「我不必親眼看到，我懂。」她不肯告訴我為什麼她懂，不過她向我保證，傑瑞德需要我的理解關心。

隔天，他踢倒我的積木塔，我理解關心地一手按在他肩上。「沒關係，」我說，「我知道你只是不快樂。」然後他朝我眼睛揍了一拳。

放學時我告訴媽媽她錯了，傑瑞德很壞，他打我。我以為媽媽會生氣，並說她要打給他的媽媽，結果媽媽卻說沒有壞的人，只有不快樂的人，不快樂的情緒就像潰爛的瘡一樣痛苦。

後來我在遊戲場看到傑瑞德自己一個人玩，或者像真正的長髮精靈一樣，躲在遊戲器材的木梁下方，都會很擔心，想像在他肌膚底下誰也看不見的爛瘡。

但我看得見，現在依然如此，我也能感受到媽媽要我表現的理解關心。

可這不代表我就不怕他。

***

一回到家，我打開行李箱，拿出了綠色線圈筆記本。這本是我在舊家媽媽的書桌上發現的，我自己收起來，家裡其他物品都分類裝箱存放。有時我會想起以前的東西：畫筆、牙刷、上衣、棉被、書、樂器，現在都放在暗處的箱子裡。

據我所知，其中一個箱子裡，有一百多本這樣的筆記本，但我現在手上只有這唯一一本，每一頁正反面都寫滿了字，寫了半本左右。

我隨意翻開一頁，是很熟悉的內容。第一次看這一頁時，我以為她是列出自己喜歡的電影，大多我都不認識，但我認得其中幾部是她喜歡的。可是如果這一頁寫的是她喜歡的電影，為什麼沒有列出秀蘭・鄧波爾[3]演的所有電影呢？她明明很喜歡。而且為什麼戰爭電影也在其中？她討厭戰爭電影。

所以如果這不是她喜歡的電影清單，也不是討厭的電影清單，那到底是什麼？既然她寫了下來，肯定很重要。也許是看這些電影的那天發生了什麼事，或者……我也不知道，但肯定有意義。

這是第一百萬次我希望她能寫上標題，因為整本筆記本都像這一頁，地點清單、顏色清單、歌曲清單，但都沒有標題，沒有關聯，沒有辦法理解。

---

3 Shirley Temple，美國經濟大蕭條時代崛起的童星；退出影壇後成為外交大使。

〈5〉亞當

我打開查理家的大門，感覺像是踏進一部很難看的西部片。去年春天他在園遊會贏得的實物大小傻大貓玩偶，被用跳繩吊在吊燈上，搖搖晃晃，開腸剖肚，白色棉花內臟從肚子裡冒出來。

查理的其中一個弟弟只穿著超人斗篷跑過去，另外三個穿著不合身的衣服跟在超人後頭，一個手拿果醬罐，兩個揮著玩具槍。我穿過他們的行列。

我很快就被一群長得很像的金髮孩子包圍。兩個跳到我身上，把我當攀岩牆一樣踩在我肋骨上，其他孩子抱著我的腿咯咯笑，抬起他們髒得像剛清過煙囪的臉看著我。這間房子簡直是狄更斯書裡的孤兒院，只不過這裡的孩子很開心，而且反派角色有非常多位。

至於查理，他正凶巴巴地走下樓梯，原本抓住我手臂的孩子握得更緊，臉埋在我肩上。地上那幾個孩子想逃跑，可是查理迅速拿走湯馬士手中的果醬，命令奧利維爾去穿褲子。

「我該走了。」我對抓著手臂的孩子說，他們親吻我的臉頰，然後跳到地上，跟著其他孩子一起上樓。不曉得在大哥每天的威嚇下，他們怎麼還能這麼貼心。

查理從餐桌椅子上抓起外套，然後一臉驚訝又憤怒地盯著看，某種黏黏的紫色液體從袖子滴下，我忍不住大笑。

「湯馬士！」他怒吼，連我都被嚇到了。好幾個金髮小鬼驚恐尖叫，往四面八方逃竄。他往前踏出不祥的一步，我抓住他的手臂。

流血場面。

「我們快遲到了。」其實我並沒有一定要在幾點幾分去玩雷射槍和電動，只是想避免

「這件外套我才剛買。」查理非常珍惜自己的物品，因為家裡的經濟總是很吃緊；生太多孩子就是會這樣。所以他在景觀公司打工，幫忙除草、耙落葉、搬重物。

「一定洗得掉的。」

他像大金剛一樣怒吼，「真想快點畢業！」

一顆金髮小腦袋從欄杆探出來，「我們也在等你畢業！」陰暗處傳來此起彼落的笑聲。查理把外套丟在桌上，往樓梯大步走去，更多驚聲尖叫傳來。

「查理，走吧。」

「我一定會凍僵。」他說，但他不可能凍僵的，外面還有華氏六十度[4]。

「可憐的查理，你要穿我的外套嗎？」我假裝要把外套脫下來，他非常用力地推我一下，我跌倒，不過幸好跌在傻大貓的棉花內臟上。「我說真的，老兄，總有一天你會害我重傷。」

他微笑，稍微開心了一點。很高興我幫得上忙。

＊＊＊

「這輛車可以跑快一點嗎？」這一次查理根本是沒事找事抱怨。

4 約攝氏十五～十六度。

「隨便你怎麼說，我的車子還是很讚。」

「這是一臺復古旅行車。」

基本上，是一九六八年Saab[5]的貨車。我媽十幾歲時，外公給她的。她一直把車保存得很好，說也奇怪，他們父女可是十幾年沒說話了。

外公買下這臺車時，是橄欖色，過了幾十年已經變成生鏽的綠色。外觀看起來像古早的救護車，裡頭卻是一千年後的風格，大部分內裝都換過，儀表板像是一九五〇年代電視劇裡未來太空船的模樣，有大量銀色曲線和紅色按鈕，但最奇怪的是中央的暖氣，看起來像機器人的臉。

查理打開暖氣，大概是想強調自己沒穿外套，機器人的嘴巴開始變紅。

「我有車子你就該感激了，」我說，「不然你得坐在腳踏車前面。」

「如果我爸媽沒有生九百萬個小孩，就可以幫我買車。」我踩到地雷了，「不過我很快就能自己買車。」

「很好啊。」

「聽說，」他說，「你今天英文課一直和小翠摸來摸去。」

「誰說的？」

「大家。」

「才不是摸來摸去，只是擁抱，我需要催產素。」第三節課，老師突然岔開話題，

5 紳寶，瑞典的汽車品牌。

說起催產素的療癒特性，也就是人和人肢體接觸時，會產生的化學物質。我問小翠要不要試試看，她像公主接受鄉巴佬親吻她的手一樣答應了，但只擁抱四秒鐘就想掙脫。我提醒她，化學物質要二十秒才開始活化，她明明是班上成績第二好的，應該記得才對。

查理翻了翻白眼，「最好是。」

「是真的。韋伯老師說如果沒有足夠的肢體接觸，人會死的。」

「這點我應該不用擔心，我和艾莉森一直在製造那個催什麼的。」

「那很好。」

「所以你不是刻意挑小翠？是隨意挑的？」

我知道他想說什麼。小翠和我曾經約會過一個月，但那是國小六年級的事情了，他卻堅決認為我對她還有感覺。

「你知道她已經有男朋友了。」我提醒他。這個男朋友可不是普通人，是完美到根本不可能存在這世上的人。布萊特今年大學二年級，是划船校隊，閒暇時間還是飛行員，駕駛真正的飛機。

「我知道，」查理說，「但是如果她沒有——」

「她有。」

查理發出被打敗的嘆氣聲，「好吧，我想也是。要是小翠喜歡的是那一型，你根本不可能——」

「我們換個話題，聊聊今晚我會用雷射槍痛宰你。」

「不！你答應這次要和我同一隊的。」他像個高大的六歲小孩一樣沮喪，我忍不住大笑，差點就要擁抱他了。

「好啦，好啦。」我依然在笑，「這次不會和你分開。」

「同一隊？」

「同一隊。」

〈6〉朱利安

十點，我拉起簾子，遮住蠟紙做的月亮，上床睡覺。我很疲倦，但身體無法放鬆。屋子空蕩蕩的，看來羅素今晚不會回來，自己獨自待在家的夜晚總是格外恐懼。

如果屋子沒那麼安靜，可能我就不會這麼害怕了。以前爸媽為了長途旅行，幫我買了攜帶型DVD播放器，真希望那臺還在。有好幾年時間，我會聽著情境喜劇或是我最愛的電影《海角一樂園》[6]，聽到睡著，但後來DVD播放器壞了，從此夜晚變得太安靜。

我聽得到熱水器的聲響，還有比較小的冰箱嗡嗡聲。上方有樹枝刮著屋頂的聲音。雖然這些聲音都很熟悉，但我還是感到一股無法抑制的恐懼。

我打開手電筒，翻身盯著駝色牆壁，有一瞬間我彷彿看到以前舊家房間的牆壁，是海藍色的。我閉上眼睛，突然間我回到了那裡；回到以前的房裡。我身旁的黃光不是來自手電筒，而是房間的檯燈，有弦月底座的檯燈。窗戶下方有一個紅漆斑駁的小書櫃，架上塞滿了電影DVD和水手艾利安的書，藍色牆壁上貼了許許多多、五顏六色的海報。

羅素第一次懲罰我，就是因為我在現在這個房間裡掛海報。如今我知道應該先徵求他的同意，但當時我並不知道，畢竟我在以前的房間可以隨心所欲地掛海報。羅素並沒有很嚴厲地懲罰我，但因為我不曾體驗過，所以還是很震驚。懲罰結束後，他問我以後還會不會在陌生人家的牆上釘釘子。

6　Swiss Family Robinson，改編自同名小說，曾多次翻拍成電影。講述一家人移居他國的途中遇到船難，漂流到荒島求生的故事。

我哭著搖頭。

那為什麼我以為自己可以這樣做？他問。這不是我的牆壁，就像這些家具也不是我的。「你在寄養家庭也這樣嗎？所以他們才把你趕出來嗎？」

我搬進來的那天，他告訴我，我惹了太多麻煩、被寵壞了，所以寄養家庭的媽媽和哥哥受夠我了。他說「寵壞」的語氣不像是形容受到溺愛的孩子，而是形容肉放在陽光下腐壞的感覺。「寵壞」其實就是壞了。他警告我，別想在他家也來這一招，否則就把我趕出去。

「對。」我回答，我確實在寄養家庭哥哥的房裡掛過海報。

羅素似乎一點也不驚訝地點頭，接著對我說出已經說過一千遍的話：這世界的問題在於，父親不會好好教育孩子，所以男孩永遠長不大。等這些不知天高地厚的男孩自己有了孩子，也不知道怎麼當父親。不成熟的男孩沒辦法教育自己的兒子。

有些話會在你腦子裡停留很長一段時間。這段話顯示他相當看輕我爸爸，而一切都源自於他相當看輕我。

我腦袋裡全都是他的指責，已經看不見舊房間的藍色牆壁了。

恐懼再次出現，更加強烈。我翻身，把注意力重新集中在天花板上，告訴自己：

想些正面的事。

蜘蛛人突然出現在我腦中，我快速撇開這個念頭，因為我很害怕那些電影。

想些正面的事。

要是能想點正面的事，我就能睡著了。我再試一次，這次看見了水手艾利安，只不過這次我就是水手艾利安，我站在用蠟筆畫出的世界，站在船的甲板上，我的船可以航行到任何地方。

亞當

我十點左右回到家，從後門進屋。黃色的廚房以一般人的標準來說，算普通乾淨，對我們家而言則是乾淨無瑕。碗洗了，垃圾倒了，香草盆栽在窗臺上整齊排列。廚房聞起來也很香，中島上放著剛烤好的杏仁麵包。

我沒有拿盤子，像飢餓的動物一樣直接撕了一塊吃。一想到媽媽現在會烤麵包，我依舊非常驚訝，五年前我們家只會以速食果腹。

我推開黃色的門，走進客廳，媽媽還沒睡，正坐在黃色沙發中央。

「她真的很可惡！」這是媽媽用來歡迎我回家的話。我看了電視一眼，咯咯笑，她又在看《鑽石求千金》[7]。

「她又做了什麼？」我在媽媽旁邊坐下，問道。

結果和那女生上次做的可怕事情差不多，不出對其他女生說狠毒的話，卻在男主角面前裝成淑女。這個節目的「玫瑰儀式」[8]最讓我受不了，要是我可以邊看邊大笑，說不定

7 The Bachelor，美國的實境約會節目。

8 男主角送玫瑰花給各個女生，沒收到的就會被淘汰。

比較有趣，但媽不准我笑。

節目終於結束，媽媽很嚴肅地說：「我跟你保證，亞當，要是下週他不把她趕回家，我就再也不看這個節目。」我們兩個都知道她只是說說而已。

她關掉電視，從茶几底下拿出四子棋。我們邊玩她邊問我今天和誰出去。

「查理。」

「他好嗎？」

「一樣。」

媽媽小聲發出不屑的聲音。打從查理六歲她就認識他了，所以當然不會非常討厭他，她只是認為他永遠長不大，但查理絕對不是她最喜歡的孩子，她覺得他脾氣太壞。我試著向她解釋，脾氣壞就是他有趣的特質。

「小翠沒有去嗎？」媽媽故作輕鬆地問。

「沒。」我咧嘴笑著擺上棋子，「連成四顆了。」

「我怎麼沒注意到？」

「不知道。」我把棋子倒在桌上。

我又贏了一次，媽媽覺得她可能得了老年痴呆症。

「妳並沒有得老年痴呆症。」我說，「妳才三十七歲耶！」

「別提醒我年紀。」

這時我知道要說，「可是妳比實際年齡看起來年輕。」基本上是因為她很矮小，大概只到我的肩膀，不過這點沒必要說出來。

「反正就是有事不對勁，我從來沒輸過！」

「說不定是我變厲害了，妳有想過嗎？我九歲的時候妳輕鬆就能打敗我。」

「好了，古靈精怪小琪[9]。」她以此暗示我愛耍小聰明，實在一點道理也沒有。我在YouTube上找到這齣一九八〇年代的情境喜劇，劇中的小女孩除了名字[10]以外，基本上是個乖巧的孩子。

魯迪．休廷傑[11]也有異曲同工之妙，媽媽用他的名字叫我時，就表示她覺得我很沒禮貌。我看過關於這位勇敢的基督教男孩，後來終於到聖母大學打球的電影，我告訴她在我征服難關時叫我魯迪才合理，但她根本不在乎合不合理。

「況且，」我說，「如果妳有老年痴呆症，又怎麼能清楚記得家裡每樣東西放在哪？」

「這是媽媽的本能。」她微笑，「我們就是知道孩子遺失的鞋子和課本在哪裡。」

「妳的記憶力沒問題，只是我比較會玩四子棋罷了。」

她皺眉，露出比實際還惱怒的表情。

「哈維和梅麗莎今天又吵起來了。」玩第三次四子棋時，她對我說。我看得出她很懷念當社工的日子，以前她最快樂的事，就是同事吵架，她來調停。「我真的覺得哈維需要心理諮商。」

這句話讓我想起他。

9　美國一九八〇年代情境喜劇《大小福星》（Punky Brewster）的主角小女孩。

10　劇中小女孩的名字 Punky 有古怪、離經叛道之意。

11　Rudy Ruettiger，美國的勵志演說家。他大學努力成為橄欖球員的故事被拍成電影《豪情好傢伙》（rudy）。

「我今天見到朱利安了。」

媽媽臉上興奮的表情完全消失，嘴巴彎成很不自然的笑容，每次她心情不好但又想假裝沒事就會這樣。「他看起來如何？」

「跟以前差不多。」以這個年齡來說，依舊很瘦小，黑髮依舊太長，遮住大大的眼睛。不過他現在有些不一樣，說出來可能會害她擔心。他太安靜了，我只要靠近一點，他就像隻驚嚇的貓咪一樣退縮。「我想跟他打招呼，但他正巧走開了。」我並沒有說他是轉身離開。

她放了另一顆棋子，但顯然心思已經飄走。「我現在每天還是會想起他。」她說。

我也放了另一顆棋子，但同樣心思也不在棋盤上。「我知道。」

〈7〉朱利安

威絲特老師不快樂。我之所以知道，是因為她和傑瑞德一樣態度很壞，就像會把你的積木塔踢倒的大人。她教物理，是上午第一堂課，一大早上這種課實在有點煩，不過有時候我覺得這樣也好，至少我漸漸習慣了。

我走到教室後方的位子坐下，上課鐘一響，威絲特老師便沒收一個女生的手機，對一個小聲說話的男生大吼。過了一會兒，腦性麻痺的女孩唐恩坐著輪椅進來了，威絲特老師看著隨行人員幫唐恩從輪椅移到教室椅子上，這個動作讓那女孩不舒服到滿頭大汗。

「唐恩。」隨行人員一離開，威絲特老師便說，「妳坐在自己的輪椅上不是比較方便嗎？」

唐恩有點嚇到，眼鏡後方的大眼睛因生病而變形。「我喜歡坐在桌子前。」她回答。她的聲音聽起來很奇怪，每個字都像發音不標準。每次她說話，威絲特老師的身體就會縮一下。

「可是沒有人喜歡每天等妳坐好，延誤課程。」威絲特老師說，「要是妳堅持這樣做，至少叫妳的隨行人員早一點送妳來，妳每天遲到早退會給我們添很多麻煩。」

唐恩緩緩點頭，威絲特老師說現在要發回考卷，原本教室的氣氛已經很緊繃，這下更糟了。

「大衛，」她把考卷交給那個男孩，「七十六分。薇奧莉，八十五分。克莉絲汀，九十三分。朱利安……」她在我面前安靜不語，這麼近距離看她感覺更恐怖，眉毛像兩座黑色拱門，皮膚像蠟一樣。「四十分。」

我不會上課時講話，也不會偷玩手機，所以每次她對我大吼大叫都是因為我考得很差。

「有誰可以告訴我，怎麼有人能考四十分？」她看看所有學生，「艾力克斯，你知道為什麼嗎？」

艾力克斯和克莉絲汀是班上最受歡迎的同學，也是威絲特老師唯二喜歡的學生，他們就算遲到或拿出手機，她也不會生氣。

艾力克斯聳肩，「我不知道。」

「我也不知道。」威絲特老師說。「我覺得根本不可能，除非你是隨便亂選答案。」

我有些害怕，閉上眼睛。要是我夠專注，也許就可以瞬間移動。

「可憐啊。」

或者乾脆消失。

＊＊＊

午餐時間我躲在祕密房間裡，非常想用手指描繪媽媽筆記本上的字。我喜歡那樣做，可是不敢把筆記本帶來學校，要是有人拿去在上面畫了醜陋的圖案怎麼辦？要是他們聯合起來毀了筆記本呢？這個念頭讓我很不舒服，彷彿坐在高速行駛的車子裡一樣想吐。

對，把筆記本留在行李箱裡才安全。本子裡大部分清單我都背起來了，有一篇標題可以訂為恐懼清單，每個詞都是以「害怕」開頭，除了第十六個：空間扭曲。

我用學校電腦查了這個詞，是格林蘭島的伊努伊特（Inuit）水手常罹患的焦慮症。水手駕駛小船離岸時沒有問題，可一旦陸地消失在視線範圍內就會開始恐慌。水手失去方向感，獨自一人待在船上，四面八方都看不見陸地，內心嚇壞了。

我想起水手艾利安，他每次都是獨自航行，卻從不害怕，也許是因為他的孤獨感不會持續太久，前一刻他的船飛翔在太空中，背景是微小的地球和繁星，接著像煙火綻放一樣快速，翻個頁他就出現在另一個國家或是另一個世界。

他似乎都瞬間移動到另一個地點，小時候我不懂，問爸爸：**他去哪裡了？**

爸爸用染了許多顏色的食指，指著圖片。**就在這裡。**

但是中間呢？中間他在哪裡？

我不知道。

爸爸翻頁，繼續讀著故事，艾利安中間消失到哪裡似乎不重要。如果你位在兩個海岸之間，沒有人看得見你，那基本上你便不存在。

〈8〉朱利安

第四堂課在幾分鐘前開始，我準備往祕密房間前進，這時聽到有人叫我的名字。亞當站在我後面，和一個多禮拜前站的位置一樣，臉上帶著饒有興致的笑容。「要去薇洛克醫生的辦公室嗎？」他問。

我站在原地，希望亮著黃色燈光的走廊消失。

「我今年是她的助教。」他補了一句。接著開始往前走，然後突然停住。「一起去嗎？」

我猶豫了一下，還是和他一起前行。走路的時候我盯著我們的腳，我原本白色的球鞋已經變成骯髒的黃色，他的依舊潔白如新，腳步和往常一樣快速，混合著跳躍和小跑。整段路程都是他在說話。「你有修美術課？喜歡嗎？」

我點頭，但其實我不喜歡，如果我能把腦中美麗的圖案畫在紙上，也許就會喜歡。胡珀老師說我畫得很好，但不真實。

「你還上了哪幾位老師的課？」

我偷偷瞄了他一眼，他是真的感興趣。「呃……」我的聲音沙啞、古怪，「英文課是克羅絲老師。」

「喔，我也上過她的課！她真的不錯。」

她大概從來沒有要亞當念大聲一點。

我們越靠近薇洛克醫生的辦公室，我全身的細胞越是要我快逃。「我要去廁所。」我說，然後跑進廁所，躲在其中一間裡。我站著數秒，一直數到我確定亞當已經走了。

然而當我走出廁所，他依舊在那裡，就在門外來回踱步。我可能真的露出很驚訝的表情，他說：「抱歉，我不是故意要嚇你。」他伸出手，雖然我知道他不會對我怎麼樣，但我還是嚇了一跳。他舉高兩隻手，稍微後退，「抱歉，我真的不是故意要嚇你。」

他開始往前走，發現我沒跟上便停下腳步。

「呃……」我不曉得怎麼說比較有禮貌，「你要去別的地方的話，可以先走。」

「你的意思是不希望我和你一起走嗎？」

我想他是在開玩笑，但我從來不知道要怎麼回應別人的玩笑。我想大部分人都會以玩笑回應，可我實在想不出什麼玩笑話，只是站在原地對方又會覺得尷尬。

最後他說：「我是開玩笑的。」大部分人最後都會這樣對我說。「我聽說你已經有十次去她的辦公室途中迷路。」

「我沒有迷路。」

亞當露齒而笑，「我也認為你不會迷路。」

「喔。」

「現在我是你的……移監那個叫什麼？護衛！」他往前走，很快我們就來到一間像是等候室的地方，裡頭有一張大桌子和苔蘚綠的沙發。

亞當大步走過房間，敲了裡面那間辦公室的霧面玻璃門，我聽到一個熟悉低沉的聲音說：「請進。」

亞當打開門，對我點頭，然後自己坐在沙發上。我嘆了一聲，跨過門檻。

亞當

稍早去薇洛克醫生的辦公室時，她向我解釋，我今天的工作就是把朱利安帶過來。我就像一個賞金獵人，只不過不會使用暴力，也沒有獎金。

朱利安第一次被指派給我，是在我十歲的時候。

那時我剛升五年級，納瑟克老師說，每個人都會分配到一個幼兒園學生，擔任對方的閱讀同伴。納瑟克老師喜歡提醒大家，你最好的時光就是現在，總有一天你會離開小學虛構的世界，進入真實的世界，你會沒有朋友、沒有下課時間、沒有午休，只能努力工作，不會再和其他人交談，一整天、每一天都如此，最後你會退休，然後很快死亡。

她的教室也布置成以後我們無法避免，只能獨自一人的未來模樣，所以當她說我們每週有兩天會離開教室，去陪幼兒園學生閱讀，我真的很興奮。

我們班舉辦了一個派對，供應糖粒餅乾和粉紅檸檬汁，另外還隆重把我們介紹給未來一年要一起閱讀的孩子。最後幼兒園學生要五年級生把他們抱起來，納瑟克老師立刻要我們放下。

分配給我的男孩是朱利安，看起來像卡通人物，過長的黑色頭髮遮住大大的眼睛。我把他放回地面，他立刻很自然地牽住我的手，要我仔細聽。

我的注意力不太集中，因為整個教室一團亂，小朋友到處亂跑，有人朝一大盆檸檬汁吐口水，查理一邊大哭一邊說他的閱讀同伴尿在他身上。

「我在聽。」我說。

朱利安小小的臉蛋露出嚴肅的表情，接著他開始唱歌，充滿力量的歌聲抓住所有人的注意，就連查理也很快不哭了。我不記得朱利安唱了什麼，但他真的唱得很好；不是以孩子的標準而言，是真的非常好。

＊＊＊

我們和閱讀同伴見過幾次面後，我終於發現幼兒園孩子就和躁鬱症患者沒兩樣，反覆以驚人速度變換興奮和傷心的情緒。對大部分五年級生而言，真的吃不消，有一次查理還因為說了「這裡簡直是地獄」而被送去校長室。

我算是很幸運，朱利安從來不哭，不會亂打人，不會尿在我身上。他是一個天生就很開心的孩子，老是在唱歌，臉上戴著道具店買來的誇張眼鏡，我們在圖書館玩得很開心。

有一天納瑟克老師想知道我到底在做什麼，我告訴她，朱利安和我覺得被騙了，一開始說會讓我們玩閱讀遊戲，但到頭來就只是單純的閱讀而已。

她不理會我的說詞，命令我讓朱利安大聲念出幼兒園的識字課本。我答應了她，也很樂意帶領朱利安，但他的口袋裡永遠有一堆害他分心的東西，硬幣、迴紋針、一條黏黏的長線，因此手也黏黏的，全都是每天早上媽媽在我下車前，會檢查確定我沒有帶在身上的東西。

納瑟克老師終於受夠了，她說要是繼續這樣下去，她會派新的孩子給我，或是更糟的方案，讓小翠負責兩個，而我則自己孤零零。小翠和她的同伴坐在我們正對面，聽到老師威脅的內容，忍不住對我皺眉，也許她還在氣我用黏黏的手弄亂她完美的髮型。

我沒有太多選擇，於是嚴肅地告訴朱利安不可以再玩了，只能讀書。這位老是微笑、老是唱歌的孩子，把頭靠在兩隻伸長的手上，一臉憂鬱，小腳不停踢著。

我非常同情他。我們要讀的書實在不有趣，每則故事的每個句子都差不多，都是男孩加上動詞加上球，女孩加上動詞加上貓。

為了自保，我從家裡拿了一本故事書，朱利安看了一眼，發出大人般不屑的聲音，拒絕了我，他一點也不想讀。我哀求他，告訴他這是我幼兒園時最喜歡的書，他生氣地說自己不是幼兒園小孩，他已經二年級了。之前他也說過同樣的話，我以為只是小孩子胡言亂語，畢竟他一直想讓我刮目相看，例如告訴我他在家時可以飛，還可以用心電感應移動物品。

「如果你已經二年級，為什麼會在這裡？」我問。

「我有閱讀障礙，」他說，「我正在治療。」

一聽到這些，我覺得自己很壞，我知道因為某些自己無法控制的原因而與班上同學分開感覺有多糟。

我轉頭看到納瑟克老師瞇著眼睛瞪我們，我趕緊向朱利安保證，這本書真的很棒，也是我讀二年級時最喜歡的書。

他的好奇心似乎被勾起了，他看著封面，一個大眼睛的黑髮男孩，站在一艘大船上。

他試著念出書名：「ㄕ——ㄕ——ㄨ——」

「水手艾利安。」

「他有一艘船？像《海角一樂園》那樣？」

我沒聽過《海角一樂園》，不過看他真的感興趣，我說：「對，就像那樣，不過艾利安的船有魔法，可以到任何地方去。」

＊＊＊

下一次我見到朱利安時，他面帶笑容漫步走進圖書館，手上拿了一疊《水手艾利安》。他說爸爸覺得他現在很會閱讀，所以買了一整套給他，他又變回了開心哼歌的朱利安。但是到了年底，我們的小同伴必須寫讀書報告，就又不開心了。

他生氣地瞪著空白紙張，拒絕寫報告。一陣子之後，我失去耐心，把他臉上滑稽的眼鏡拿下來，上面黏著一顆彈出的眼珠，並把鉛筆塞進他的小手裡，他很生氣，瘦弱的手臂交叉在胸前。

我覺得很煩，轉身看到其他朋友都在幫助小同伴寫報告，接著朱利安輕拍我的臉頰。

「艾利安要怎麼寫？」

「艾利安？對你來說應該很簡單。」我用食指遮住封面上艾這個字，「如果這個字換成朱，會變成什麼？」

他皺眉專注，然後突然露出卡通般驚訝的表情。「我的名字！」他開始寫，我從沒看過那麼醜的筆跡，搖搖晃晃、抖來抖去的字，這不是英文，而是象形文字。

接連好幾次伴讀時間他都乖乖寫報告，但因為我完全看不懂他的字，所以由他念給我聽。我很快進入狀況，就像媽媽念故事書給我聽時一樣，有些時候他應該是假裝在念，但其實他念的篇幅比他寫的還長，不過我不在意。他寫得很棒，不是以孩子的標準而言，是真的非常棒。

我稱讚他，不知為何，在我讚美他之後的那一刻，像照片一樣深深烙印在我腦海中。他露出燦爛的笑容，眼睛閃著光芒，彷彿剛吹完生日蛋糕上的蠟燭。然而，到了下一次他被指派給我時，笑容消失了。那一天他的父母過世了。

朱利安

薇洛克醫生彷彿真的高興見到我，對我微笑，但是她灰色眼睛裡的情緒，強烈到我受不了。她的眼神與其說是友善，不如說是好奇，她的穿著也不像老師，比較像律師或是辦公室職員。

「你好嗎？」她雙手交疊在腿上，問道。

我點頭，希望她了解點頭代表好。

她請我坐下，我坐在她橘色布椅對面的沙發上，那張橘色椅子不像她的風格。老實說，我再看了眼整間辦公室，覺得所有家具都和她的風格不搭。小茶几是紫色的，辦公桌是黃色，完全搭配不起來，倒是讓我想起很久以前在電視劇裡看過的客廳。

「朱利安……」我認得她這種語氣，小心翼翼，彷彿下一刻要告訴我壞消息。「這裡很安全，你說的話我都會保密，明白嗎？」

她想表現友善，但我卻更加緊張，因為她期待我告訴她一些需要保密的事情。我不曉得要怎麼回應，氣氛像往常一樣變得很尷尬，不是因為她和大部分人一樣，露出了很煩或不自在的表情，而是因為她和這間辦公室實在不搭。

我開始玩弄鞋帶尖端，但最後一片塑膠掉在地上，薇洛克醫生拿起垃圾桶朝向我，我撿起塑膠片丟進去，接著她要我從架子上選一套遊戲。

以前在家爸媽和我不常玩桌遊，我們通常是彈吉他、鋼琴，或玩假扮遊戲。不過我知道薇洛克醫生喜歡桌遊，所以我和去年一樣選了「對不起」，這是我唯一會玩的桌遊。

有一年我們到羅素的姊姊諾拉家過感恩節，我跟他姪女學的。他們家非常愛玩這套遊戲，但我覺得遊戲內容很誇張，又帶有不必要的嘲諷意味。如果你抽到「對不起」卡，上面的文字是：「對不起！現在我的棋子要回到起點，然後殺掉你們其中一個。」

我把遊戲擺在紫色茶几上，薇洛克醫生打開盒子，問我想要哪個顏色。

「隨便。」

她皺眉，我立刻發覺自己犯錯了。玩遊戲的感覺就是這樣，一點也不好玩，因為她會一直盯著我，評估我玩得多好，但是「對不起」這套遊戲無關技巧，完全靠運氣，所以除了數格子數正確，以及即使有機會也不要害她輸之外，我實在想不到還能怎樣。

有一次我抽到了「對不起」卡，不得已必須殺了她其中一顆棋子，儘管我不想太過分，挑了離她家最遠的一顆，但之後我發現她的目光不在遊戲上，而是盯著我，而且表情看起來不太高興。

〈9〉朱利安

外面黑漆漆的，多雲無星。羅素叫我到客廳去，他的手指指著地板，硬木地板上有一個像是踩過未乾水泥的腳印。

下午我用廚房水槽底下找到的東西清潔鞋子，洗得乾淨潔白後，把鞋子放在客廳地板上，大概那時鞋底還殘留著漂白劑吧。

「你必須學會尊重別人的東西。」羅素說，他的聲音冷靜。

「我有。」

「你有？」

「對不起，我做錯了。」

「對，」他附和，「你做錯了。」他暫時沒說話，我等他開口，胃開始絞痛。然後他說：「去拿來。」

我的身體僵了一下，接著走向放在餐廳牆壁前的一個大櫥櫃。以前到這裡拜訪時，媽媽總是會說這個櫥櫃真漂亮。深色櫻桃木材質的櫃子裡，放著古董和精緻餐盤。

我拉出最底下放著蕾絲桌巾和餐巾的抽屜，布料底下擺著一根柳條鞭，我看著自己顫抖的手伸向鞭子，拿了之後回到客廳。

我把鞭子放在他伸出的手上。

他開口說話時，喉嚨頓了一下，聲音輕微哽住，「把上衣脫掉。」

要是我真的有超能力，就可以像閉上眼睛一樣，輕鬆把痛覺關掉，但是沒辦法，我依舊有痛覺。肌膚不會越來越厚，反而會記住痛楚，我非常明白，因為空氣一接觸到我的背部，便開始痛了起來，彷彿鞭子已經落下。

「轉身。」他說。

這是最艱難的部分。經過十億年的演化，你全身的細胞此時都在叫你快逃，但你無法逃，你不得不轉身面向駝色牆壁，不得不站好。他不在乎你會不會哭，但是你不能反擊。

空氣中出現一個聲音，接著是激烈的痛楚，你好難受。鞭子一次又一次揮下，一次又一次深深落在之前打過的地方。在你摀著嘴尖叫之前，鞭子不會停止。

〈10〉亞當

「我有傳簡訊給你。」查理走進政治學教室，用這句話表達生氣的問候。

他舉起一張椅子，放在我桌子旁。他太高了，腳沒辦法伸進自己的桌子底下。「史東老師真是王八蛋。」顯然普通化學沒有比進階化學容易，看來我又得替他去見指導顧問。

「我沒收到簡訊。」我告訴他，「手機壞了。」

「又弄壞一支手機？」

「我也不知道怎麼壞的，大概是不小心一起扔進洗衣機了吧。」

「白痴。」

小翠和卡蜜拉緩緩走進教室，用我這輩子沒見過的極私密態度，對彼此說話。小翠的肩膀像專業舞者一樣往後傾，飄逸的白色洋裝底下，雙腿像羅馬雕像一樣光滑細長、結實。染了許多顏色的頭髮綁成十二條小辮子，再集合成一條大辮子，然後盤在頭上。有時光是看她自己綁的髮型，我就覺得她真是天才。

她看見我，對我微笑，查理心照不宣地看著我，接著又開始抱怨，「我好餓。」

「你隨時都很餓。」

還要上兩節課才能吃午餐。上完政治學，我得把朱利安抓去薇洛克醫生的辦公室，接著就只能在那裡無聊地坐將近一小時。

「可是我真的快餓死了。」他看起來真的很可憐。

「我背包裡可能有吃的。」

他把手伸進我的背包，拿出一袋紅蘿蔔，臉上露出嫌棄的表情。「爛透了。」雖然這樣說，但他還是吃了。

過了一會兒，康娜老師宣布我們可以分小組作業，「康娜老師，我們愛妳！」我大叫，然後把桌子搬到小翠旁邊，她是最佳小組成員。我看她全神貫注地做著作業，對小翠來說，每一項作業都很重要。我非常想拆開她的辮子，或是碰她眼睛下方的痣，但我只是問她布萊特最近好嗎。

一開始她有點吃驚，然後整張臉變得神采奕奕。她很漂亮，但我不喜歡讓她神采奕奕的原因。「很好。」她回答。

「棒呆了！」卡蜜拉糾正，她往前靠過來，我不得已看見她衣服裡的風光。「這個週末，他要帶她上飛機。」小翠睜大藍色眼睛，有一些害羞，這場空中約會原本應該保密的。

「真的嗎？太棒了。」說真的，確實很棒，這就是大家想為女朋友安排的完美約會，但到頭來只能帶女朋友去百貨公司美食街。

「大概吧。」小翠很優雅地聳肩。

「大概？」看來她真的很難取悅，「拜託，連我都想當布萊特的女朋友了。」她、卡蜜拉和查理開始大笑，「妳覺得布萊特會不會接受我當小老婆？」他們笑得更大聲，「別忘了告訴我們約會的情況。」小翠再次聳肩，比剛才更害羞了。

接下來整堂課我有股奇怪的感覺，我想專心寫作業，但每寫一個字，就會幻想小翠和那位划船機師一起在空中翱翔的畫面。

朱利安

我拿著胡珀老師寫的單子，靜靜往走廊走去，背已經沒那麼痛了，但每次移動身體還是能感受傷痕在皮膚上延展。我打開門，亞當站在那裡，不過這次我早有心理準備，所以不會不知所措。他露出明亮的笑容，但我不曉得他內心在想什麼，笑容是無法信任的東西。

「嘿。」他說，「我本來不確定你會在這裡，薇洛克醫生說你請假好幾天。生病了嗎？」

我點頭。

懲罰的隔天早上，我醒來看見五斗櫃上的海螺底下，壓著一張二十元鈔票，代表我可以不用去上學，叫披薩來吃。看見那張鈔票，我的情緒很矛盾，一方面覺得他得去上班，我卻可以待在家，很有罪惡感，一方面又鬆了一口氣。如果他肯讓我請假、叫外賣，表示他已經沒那麼生氣了。

「好點了嗎？」亞當問。

我再次點頭。

「希望你沒吃太多藥，那東西根本是毒。」

「沒有……」

「很好。你要走了嗎？」

我點頭，和他並肩走在一起。我看著我們的腳，我穿著漂白過的白球鞋，他今天穿著高筒紅色球鞋，像是超人的靴子。

「所以你喜歡畫畫？」

我點頭，其實我不喜歡。

「酷，改天可以給我看看你的作品。」

每次我說謊都會發生這種事，不是立刻陷入必須說更多謊的境地，就是立刻被抓包。我們默默走著，但氣氛不會尷尬，因為他似乎不在意我沉默。

「我高二有修美術課。」過了幾分鐘後他說，延續之前的話題，「我畫得很爛。」

他微笑，這下我真希望自己剛才說了實話，那麼我們就有不會畫畫這個共通點。他開始說起他和同班朋友查理，在第三週畫走廊的課程上發飆。畫走廊，亞當說，爛透了。

「你只能用小三角尺，畫出三度空間的走廊。」他解釋這需要非常有耐心，而查理完全沒有。「他把畫紙撕爛，把馬克筆全扔到地上，就像是高大的小學一年級生。」亞當笑了，我卻驚訝地看著他，因為我絕對不敢做出查理做的事。

「是不是很扯？」他好像猜到我的心思，說道。「他留校察看兩天。我從沒被留校察看過，而且……」他意有所指地看著我，「老師要見我，我也不會逃跑，躲在學校某個角落。」我不確定他是不是在開玩笑，「我真的應該別再和違反校規的人廝混了。」

「那個……」亞當很有耐心地看著我，不在乎要等我慢慢說完句子，「查理是你最好的朋友嗎？」

「你是問我們有沒有友誼手環，以及置物櫃裡有沒有放著彼此的照片嗎？」他嘻笑，我猜我可能問了個蠢問題。「我也不清楚。我們從讀幼兒園就認識了，說來好笑，他沒上過學齡前班，所以幼兒園開學第一天，他嚇得要死，幾乎哭了一整個早上，午餐時間我和他分享我的餅乾，他才終於不哭。」亞當咧嘴笑，「從那時開始，我們幾乎每天都見面，除了中學那段時間，我們上不同學校。不過我並不會把誰定位為我最好的朋友，我喜歡有很多朋友。」

他聳聳肩，彷彿擁有很多朋友沒什麼大不了的。

〈11〉亞當

朱利安在薇洛克醫生辦公室外面停下腳步，一隻細瘦的手臂掛在身旁，另一隻伸過胸前，捏一捏二頭肌，似乎很痠痛。他並沒有真的那麼矮小，大概和一般一年級新生的身高差不多，但是他常常像在閃躲低天花板一樣駝背，所以看起來很矮小。

他終於走進辦公室，我一屁股坐在沙發上，準備度過四十分鐘無聊時光。我實在不曉得薇洛克醫生為何需要助教，我每次來大概會幫忙遞送一次紙條，至於整理資料我完全沒辦法，因為每件資料都要保密。

我坐著回簡訊，聽見門另一頭傳來聲音，只有她的聲音，他一向很安靜，所以我並不訝異。不過他並非從以前就這樣，小學的時候他可是很活潑的。

我突然想起一件往事，朱利安在五年級最後一天，送我一張自己做的卡片。所有幼兒園學生都要做卡片給閱讀小老師，而且送的時候全都一臉驕傲。老實說那張卡片真的很可愛，我應該還留著。從那天之後，我以為不會再和他見面，但是兩年後某天我回家，看見有個小男孩坐在我家黃色沙發中央，手臂挾著一隻布偶狗。他抬起頭，大眼睛就像玻璃珠一樣，但已經沒有從前的卡通感。

「朱利安？」我說。

媽媽小聲說：「你認識他？」

「對啊。」但他看起來像圖畫一樣不真實，像是隔了兩代的人一樣。「我們是閱讀同伴，對嗎，朱利安？」

他沒有回應，像個夢遊的人一樣盯著前方。

「朱利安要在我們家住一段時間。」媽媽說。

他依舊沒有回應。

「朱利安，」媽媽小心翼翼說道，「亞當和我很快就回來。」她把我推進廚房，門一關上她便開始哭。我媽是相當感性的人，但是如果家裡有暫時來寄養的孩子，她通常會控制好自己的情緒，無論對方的處境有多糟。

就是因為知道這一點，我頓時覺得肚子不太舒服。「怎麼了？」

她搖頭，快速呼吸。「他的爸媽原本要去學校接他，準備週末去度假。」

「他們怎麼了？」我重複一遍。

「遇到事故。」

「然後……」

「死了。」

「兩個都死了？」她點頭。「怎麼會？」我不是想問事故細節，只是不懂一個男孩的人生怎麼就這樣在瞬間完全毀滅。

她沒有回答我的問題，「他不肯離開學校，不肯跟社工走，一直說爸媽會來接他。」

我的目光移到客廳，內心相當害怕。要是我媽發生什麼事，坐在陌生人家客廳的就會是我。

「我需要你幫我照顧他。」媽媽突然說。她這個請求很奇怪，畢竟我對來我們家的孩子都很友善，不過我還是點頭答應她。

***

朱利安沒有發出任何聲音，連吃晚餐、看電視，或是媽媽讓他睡在我房間另一張單人床上時，也安安靜靜的。

然而到了半夜，我被哽住的啜泣聲吵醒。

「朱利安？」我下床走向他，他臉頰上閃著淚光。「要我去叫我媽過來嗎？」

他搖頭哭著，但我不認為那算是哭。

比較像抽搐。

凋零。

是我聽過人類發出最痛苦的聲音。沒有人經歷過那樣的痛苦，還能活下來。

我很怕和他待在一起，卻也很怕離開他。

我手足無措，於是我拿起他的布偶狗，塞給他。他盯著布偶，顫抖得更嚴重了。

「我去叫我媽。」我說。

「我要我的媽媽。」

我不曉得該怎麼辦，這種情況下到底該說什麼才好？

他一邊啜泣，一邊用枕頭摀住臉，我怕他會窒息，便把枕頭拿開。

「我頭痛，我要爸爸，我現在就要爸爸！」他有點歇斯底里，「我頭痛！我要爸爸！」

「你頭痛的時候他都怎麼做？」

「他會幫我弄好。」

「怎麼弄？」

「按摩我的頭。」

我坐在他旁邊，像量體溫一樣用手掌按住他的額頭，「這樣嗎？」

「不是。」他像彈鋼琴一樣，用指尖按壓額頭。

我試著模仿，「好多了嗎？」

他依舊在哭。

我不知道究竟這樣做了多久，最後他用精疲力盡的聲音問：「他們在哪裡？」

「沒有……沒有人告訴你嗎？」

「他們死了，我知道。」他聽起來很疲憊，「但是他們在哪裡？他們去哪裡了？」

那時我並不曉得，他並不是問他們的肉體去哪裡。我不知道怎麼回答，只好加強力道按摩他的頭。「睡覺吧，好嗎？」

他張大眼睛看著天花板，眼裡滿是絕望。「他們消失了。」

＊＊＊

朱利安沒有親戚，沒有乾爸乾媽，什麼也沒有，所以通常大部分孩子兩週後就會回家去，他卻依舊留下來。起初他好像再也無法回復到原本的自己，好像這輩子都會如此悲傷，但後來慢慢一點一滴復原了。

他想戴那種滑稽的眼鏡，就是上面黏有鼻子和鬍子的那種，所以我們去了百貨公司。媽會念床邊故事給他聽，他還是很喜歡水手艾利安的故事。她念完後，他會自己加上很長一段後記。

他會唱歌，聊起自己的媽媽，說她什麼歌都會唱。還有爸爸，說他什麼都會畫。

然而有時候他會無緣無故做出類似哭的舉動，臉痛苦地皺成一團，肩膀顫抖，但不會發出任何聲音。

過了幾個月，朱利安已經完全融入我們家，就像真的弟弟一樣。放學後我們在社區跑來跑去，晚上在家裡跑來跑去，直到媽媽叫我們停下來。我們會一起看電視，我忍受他喜歡的迪士尼和卡通頻道節目，他忍受我對超級英雄電影的熱愛，還忍受我一直問他，如果只能有一項超能力，他想要哪一種。

直到現在我有時還會想起，我們一起看《超人》的那一天。我把 DVD 放進播放器時並沒有想太多，接著電影演到露意絲．蓮恩死亡的段落……

朱利安似乎立刻停止呼吸，一臉深受打擊的樣子，看著傷心不已的超人把她從車子殘骸裡拉出來，抱著她的頭。朱利安摀著臉，小聲說：「超人，不要哭。」

「沒事的。」我說，「你看？」

朱利安從指縫窺探，超人飛起來，飛進雲裡。他翻轉了時間，讓她復活，朱利安倒抽一口氣。

〈12〉朱利安

現在每個星期二和星期五，胡珀老師已經不會等亞當敲門，她會直接送我離開教室。今天我一踏入走廊，他便問：「那是什麼？」他笑我，但不像別人那樣充滿惡意。

「這是兒童發展課的道具。」我解釋。

他拿走我手中的大塑膠娃娃，「你一整天都要帶著這個東西？」

「一整週。」

「真可憐。」他同情地搖搖頭。

「卡萊兒老師說我們要學習養育小孩有多可怕。」

亞當笑了，「我想這個方法挺有用的。」

我爸媽從沒說過養小孩很可怕，他們說起把我從醫院抱回家，還有我第一次吃菠菜泥的表情，語氣聽起來都很快樂。

「如果娃娃在其他老師的課堂上響了，他們會發飆嗎？」亞當問。

「會吧。」大多是威絲特老師，「不過我覺得克羅絲老師挺喜歡的。」她會說**你不能請你姊姊照顧嗎？或是當單親爸爸很辛苦吧**。我知道她在開玩笑，但我想不到其他玩笑話回應，所以基本上我希望她什麼也別說。

娃娃突然發出機械式的哭泣聲，「要怎麼做？」亞當驚慌地把娃娃還給我，我在背後按下正確的密碼，娃娃停止哭泣。「一整週。」他再次搖頭，重複一遍，「天啊。」

他開始走動，我跟在他身旁，感覺好像要跟上某種內部能量過剩的東西。他的能量充滿整個走廊，與每個擦身而過的人碰撞。例如一位朝我們走來的老師，可能臉上有緊繃或傷心的表情，身體彷彿乘載太多壓力而駝背。

接著他們看見亞當。

他們像是看到強光一樣眨眼，嘴巴彎成聖誕節早上才會有的笑容。有時候他們會停下腳步，告訴他有多想念他，少了他的代數課或地理課都不一樣了。然後問他下學期的課表，問他有時間可以當助教嗎？亞當會關心他們的家人，還會一一叫出這些家人的名字，接著露出非常燦爛的笑容，答應很快會去拜訪這些老師的課。

現在他的笑容對準了我，「今天有發生什麼有趣的事嗎？」這是每星期二、星期五他都會問的問題。

「有，」我說，「克羅絲老師要我們演話劇。」

「《春天的莎士比亞》，英文課每年都演這齣，每年都很難看。你已經知道自己的角色了嗎？」

「就是……我不記得名字……很奇怪的角色。」

「這樣我猜不到。」

「就是在大家死掉的時候出場。」

「依舊猜不到。」亞當的優點之一，就是能很輕易判別他何時在開玩笑，因為他幾乎隨時都在開玩笑。

娃娃再次尖叫，我必須按下代表悲傷的密碼。「卡萊兒老師說以前的雞蛋方法比較好用。」我說，「你知道是什麼意思嗎？」

「知道啊。以前學生不是拿這種娃娃，而是拿一顆雞蛋，只要雞蛋都沒破就算過關。」

「喔。」聽起來簡單多了，「你以前演什麼戲？」

「你是指我高一的時候嗎？」

我點頭。

「《馬克白》。老天啊，當時真是一團糟。我想你應該已經知道，每個一年級生都要參與，包括製作布景和服裝。」

我再次點頭。

「但顯然沒有那麼多事情可以分配給每一個學生，所以英文老師乾脆自己增加角色。例如我們那年的馬克白，三位女巫的場景卻有十八位女生演出。其實照理說可行，但是一直到演出前幾天，我們都沒有在放學後留下來排練，只有在自己的教室練習。十八位女巫分別上不同的英文課，所以她們練習的臺詞節奏也不同。女巫的臺詞有押韻，像一首歌。

「總之，這幾位女孩只有一次共同讀劇本的機會，所以正式演出時，沒有人的臺詞節奏一樣，根本聽不懂她們在說什麼，整場戲都是如此。我覺得很好笑，可是小翠是第八號女巫，她到現在還心靈受創。」

「太慘了。」

「你知道更慘的是什麼嗎？」

「什麼？」

「我高一的時候，辦了兩場公演，星期六晚上是給家長看的，另一場在星期五下午，所有學生都強制參加。」我的表情一定很驚恐，因為他接著說：「很慘對不對？你算幸運，他們去年才改了規定。」

「所以學生不會來看星期六那一場？」

「絕對不會。」他咧嘴笑，「若不是自己的孩子有演，沒有人想來看。」娃娃又哭了，「你吃午餐也要帶著這個嗎？」

「對。」

「你都坐在哪裡？我從沒有看到過你。」

「我不會去學生餐廳。」

「那你都在哪裡吃午餐？」

我沒辦法回答，所以我保持沉默。

「喔，朱利安，」亞當嘆氣，「神祕兮兮的。」

亞當

我提早幾分鐘離開薇洛克醫生的辦公室，她從來沒發現，接著往學生餐廳走去。最近大家很愛玩一種遊戲，是由「真心話大冒險」演變而來的，但這個遊戲沒有真心話這種選項。一旦你被指派大冒險任務，不是接受就是退出遊戲，完成後你可以繼續指派別人，所以這個遊戲永遠不會結束。

很好玩，不過有個不太公平的規則：男生可以全身脫光光，去按別人的門鈴或是在街上裸奔，但卻不能要求女生脫掉內衣褲。

艾莉森有一次提出這是為了安全著想，根本是無稽的藉口，難道我們指著她們的裸體大笑時，會有綁架犯或是強暴犯出來抓她們嗎？小翠提出有些高傲、但較合理的說法，她說女性的身體比較美麗，所以也比較神聖。基本上她是暗示看男生露鳥就像去動物園看光溜溜的黑猩猩一樣。

今天我是第一個來到餐廳的，沒過多久我的朋友便紛紛擠進同一張桌子。我四處張望，找尋合適的大冒險，然後看見拄著拐杖彎腰的皮爾斯校長，他的拐杖根本像是從《魔戒》裡冒出來的東西。我注視每一位朋友的眼睛，他們都非常緊張。

每次輪到我指派，就是我最享受的時刻。

「好……卡蜜拉。」我說，她看著我，眼睛上像是瘀青的綠色眼影開始變色。「我要妳去和皮爾斯校長調情，至少三分鐘。」

「沒問題。」她似乎相當有自信。她大搖大擺走過去，手相當誘人地觸碰他的手臂，我們都笑了。卡蜜拉非常努力甩頭髮、擠乳溝，但是校長一點反應也沒有。突然她轉身，氣呼呼地走回來，高跟鞋非常用力地踏地，然後把一張小紙條拍在桌上，「我被警告服裝儀容不整。」

我們全都大笑。她氣得離開餐廳，我們笑得更慘了。

過沒幾分鐘，卡蜜拉走回來。「亞當。」她用冷冰冰的眼神直視我。

這個遊戲的規則是，你完成任務後，必須指派下一個人，但不可以是原本指派你的那位，否則其他人根本沒得玩。不過卡蜜拉現在顯然氣炸了，無視這條規則。

她把手伸進包包裡，對我扔出一條非常小、卡蜜拉尺寸的內褲。這一桌所有人開始瘋狂大笑，但有個問題我必須先問。「這是妳剛脫下來的嗎？」

「才不是！你很噁耶！我去置物櫃拿來的啦。」

「妳為什麼要在置物櫃放備用內褲？」

「快點穿上，」她命令，「一定要讓你下一節課所有人知道你穿著。」

我對她露出大大的笑容。如果她以為這樣就能讓我難堪，未免太小看我了。

＊＊＊

在午餐和第五節課之間；就在我剛擠進卡蜜拉的迷你內褲幾分鐘後，我跌倒了，整個人趴在擁擠的走廊上。查理和艾莉森一直笑，好像我是故意要娛樂大家似的。

我花了比平常還久的時間才站起來，等我終於站好，馬的、馬的、馬的，我的腳踝好痛。我痛得高聲尖叫，真的真的超級痛。

卡蜜拉翻了翻白眼，伸手看著自己的長指甲。「亞當，你別想混過去。」

我一邊哀號，一邊搖搖晃晃地往牆邊跳去，靠在一排置物櫃上。內褲擠壓著我的蛋蛋，而且我確定腳踝已經碎成十塊，或者至少扭傷了。

艾莉森不再笑，「我覺得應該帶他去保健室。」她像慈愛的媽媽一樣對查理說，我現在好想擁抱她，但這樣我就不能靠著置物櫃。接著她對我說：「亞當，走吧。」

「我沒辦法走。」

卡蜜拉跺著小腳，噘起嘴，「你得完成任務！」

查理瞇著眼看我，想看看我是不是在玩什麼把戲。接著他大概是明白我真的很痛，對我喊：「怎麼會有人無緣無故跌倒？白痴！」我知道這是他表達關心的方式。

艾莉森拍拍他的背，好像他才是需要安慰的人，卡蜜拉彈一彈手指，「查理、艾莉森，去幫他。」有時她會用對待弟弟的方式對待其他人，滿可怕的。另外兩位立刻服從，分別把我一隻手掛在他們肩膀上，扶著我。艾莉森身高五呎十[12]，和我一樣高，但另一邊的查理太高，讓我完全傾向艾莉森，很危險。我們本來想讓卡蜜拉來代替他，但這樣反而會往另一邊傾。

鐘聲響起，我們已經遲到了。

「喔，實在是，快爬上來啦。」查理發牢騷，蹲在地上。我笑著一拐一拐走過去，跳到他背上。他雙手勾住我膝蓋，背著我前進。

「你們兩個這樣真可愛。」卡蜜拉眨眼，用手機拍了照片，我轉頭對她微笑，並用鼻子蹭查理的脖子。

「喂……」他的聲音低沉，帶著威脅，很好笑，「你再繼續這樣，我就把你丟下去，叫你自己爬去保健室。」他放開我的腳，雙腳就這樣晃啊晃，我把腳重新勾住他，雙手也抓得更緊了。

「你要是讓我掉下去，我就殺了你。」不過我只是說說，而我相信他真的會說到做到。

我們四個依序進入保健室，中年護士看到我們，表情立刻變了。「好了，同學，」她

12 約一七七公分。

的雙手擺在寬大的臀部上，「少給我演這齣。」

「妳說我們是假裝的？」卡蜜拉也把小手擺在臀部上。

「他扭傷腳踝了。」艾莉森解釋，查理背對一張椅子，把我放下去。我真的得把那件內褲脫掉，不然有一種詭異的窒息感。

「不需要這麼多人和他作伴。」脾氣很差的護士說，「你們三個可以回去教室了。」

卡蜜拉很火大，艾莉森有點不放心把我留在這裡，查理再過三秒就會爆發。

「沒關係，各位，」我對他們說，「我等一下再傳簡訊給你們。」他們心不甘情不願地離開，護士把溫度計套上拋棄式膠套，「有問題的是我的腳──」她把溫度計塞到我舌下。

「沒發燒。」一分鐘後，她把溫度計抽出，說道。

「是我的腳踝。」

「嗯。」她把我的牛仔褲管拉高，用冰冷的手指按壓我的骨頭。

「噢、噢。」

「並沒有腫起來。」

「真的、真的很痛。」

「你說**真的**很痛，但你還是笑嘻嘻的。說實話，你是不是擔心這堂課要考試？」

「啊……的確是要考試，可是我一點也不擔心。」

她像是看穿我似地點頭，「很好，你回去考試，考完後如果還很痛，我們再打給你媽。」

「可是教室在樓上，在另一邊的校區耶，我沒辦法走到那裡。」我環顧保健室，「那張輪椅怎麼樣？」

「什麼怎麼樣？」

「可以借我嗎？」

「那是給非常不舒服的人使用的，不是給想偷懶的學生使用。」

「想偷懶……我不是想偷懶。我向妳保證，只是當作交通工具而已。」

「你回去教室，考完試，其他再說。」

「可是——」

「馬、上。」

她是認真的，她真的要把我趕出去。我起身，用沒事的那隻腳跳著，看起來這個方法可行。我再跳幾下，然後我絆倒了，全身重量都壓在受傷的腳踝上。「靠！」

護士驚呼一聲，雙手快速按在胸前，彷彿中槍一樣。我一拐一拐跳回椅子，她則用力踩著會發出嘎吱聲的護士鞋，走到辦公桌旁。「我要向上面報告。」

「對不起，我不是故意罵髒話。」

「但你依舊沒照我的話去做。」

「我也希望啊。」

她氣呼呼地在紙上寫字，同時大聲念出：「拒絕……遵守……命令。」

我開始想吐。剛才摔得太重，現在我的腳開始抽痛，上唇冒出許多汗珠。「我想我現在可能真的發燒了，也許妳可以再幫我量一次體溫。」

她又發出被子彈打到的驚呼聲，接著筆動得更快了。

〈13〉亞當

隔天我拄著拐杖走過擁擠的學生餐廳，我們那一桌的人紛紛挪出位置，讓我把腳抬起來。「那是什麼？」卡蜜拉用她紅色的長指甲，敲著我從背包拿出來的梅森罐。

「水。」

「為什麼是那個顏色？」

「我媽加了一些藥草濃縮液，幫助韌帶復原。」我解釋。

卡蜜拉的身體抖了一下。說真的，確實看起來很像尿液樣本。

查理板著臉從人群裡走過來，看到我之後，轉變為不懷好意的開心表情。

「天啊，」我哀號，他依舊面帶笑容走過來，「是誰告訴你的？」

「大家都在傳，我一開始還不相信。」

「沒人相信。」小翠補了一句，藍色眼睛閃著饒有興致的光芒。

麥特拉了一張椅子過來，問查理：「你為什麼那麼高興？」合理的問題，因為我們都沒看過他露齒而笑。

「你不知道？」查理坐直，顯然把這件事告訴不知道的人，讓他覺得很興奮。

「知道什麼？」

查理張開嘴巴，還來不及說話，卡蜜拉先說了，「亞當被留校察看。」

「嘿！」查理瞪她，「我正要告訴他耶。」

「亞當？」麥特看著我的眼神，彷彿看到剛被逮捕的雙屍命案凶手，「怎麼可能？」

於是我把殘忍護士的事情告訴整桌的人，我承認為了增加故事性，以及得到每個人的同情，所以稍微誇張了一點，現在他們對這件事覺得好笑和生氣的比重一樣了。

當然，除了查理，他只覺得好笑。「真的太棒了。」

我試著惡狠狠地瞪他，不過由於我自己也在笑，所以不太有說服力。「才不棒，根本蠢到家。」

我說到一半，傑斯竟然把兩邊耳機都拿下來，對我露出心領神會的笑容。「你媽怎麼說？」

「你覺得呢？」我媽因為把我小學五年級的老師罵哭而非常出名。

查理不懷好意地笑，「她修理那個護士時，我可以在旁邊看嗎？」

「很抱歉讓你失望了，她不會來學校。她想來，可是——」

「你求她不要來？」小翠很認真地猜測。

「我只是說服她事情沒那麼嚴重。」因為真的是如此，「她想對抗體制，而我想息事寧人。」

「你就是這樣沒錯。」查理往嘴裡塞了四根薯條。

「嘿，我也可以對抗體制好嗎！」我抗議。

麥特一手按在我肩膀上，支持我，「兄弟，我們都知道你可以。」

大家看著我的眼神好像在看可愛無害的動物。

「我**真的可以**，我又不是沒打過架。」

這下他們的眼神變成困惑和懷疑了。小翠的眼神閃爍，好像在懷疑我只是說大話。

「我真的有。馬可斯……七年級的時候？」

傑斯和查理互看一秒鐘，開始大笑。

「被哈利波特的書砸臉不算是打架。」查理說。

「首先，那不是任一本哈利波特小說，是《鳳凰會的密令》。」

麥特驚呼，他知道《鳳凰會的密令》篇幅最長，是哈利波特小說裡，最有潛力當作武器的。

「依舊不能算是打架。」查理堅持，「如果你當時有回手就另當別論……」

老實說我從沒想過要回手。我記得那時站在原地，臉好痛，整個人呆住了，而馬可斯倒在地上，邊哭邊扭動身體。「我沒辦法回手，他那時已經精神崩潰了。」

「他到底為什麼要拿書砸你？」麥特問。

「我知道，」查理很急切地說，「我目睹整個過程。那時正在上數學課，馬可斯在做練習題，亞當一直說話，所以他就發飆了。」

現在這一桌的所有男生都瘋狂大笑，女生也想加入，但最後還是為我留了尊嚴。

「你們不曉得我被這件事害得有多慘，我媽大抓狂。」

他們笑得更厲害了。

真的很慘。那天她來接我放學時，我依舊用冰袋在敷臉頰，然後她就失去理智了。我試著引出她身為社工的那一面，但她當下完全把專業素養拋在腦後。她拉我走回學校，校長沒辦法承諾會立即處罰馬可斯，於是她更加抓狂了。只要是關於我的事情，她就會變成害我很難堪的黑社會大姐頭。

「我是說真的，」我假裝不覺得這件事好笑，「她到現在還打算修理那個孩子，她說自己只是在等待時機。」

傑斯笑累了，休息一下，「兄弟，你媽超讚的。」

〈14〉朱利安

星期四我走進「兒童發展課」，看見傑瑞德把桌子底下的背包當作沙包，用拳頭揍。我和平常一樣立刻有股恐懼又同情的情緒產生，同時又有一股奇特的滿足感。這間教室就像育嬰室，到處都是娃娃，躺在地上、靠在包包上。我往教室後面的位子走去，把自己的娃娃安全夾在手臂下。我把它放在桌上，看著它棕色的大眼和小小的微笑嘴巴。

鐘聲響起，一會兒過後，所有娃娃紛紛醒來、哭泣。一位神態疲倦的老師探頭進來，「我可以關門嗎？」她問。

卡萊兒老師有些難過地點頭。

門關上了，把所有哭聲關在教室內。

壓力破錶的女生開始在娃娃的背部輸入密碼，教室恢復安靜，然而沒過多久，另一群娃娃開始哭。

「你們現在懂了嗎？」卡萊兒老師提高音量，好讓我們在一堆噪音中能聽見她說話。「明白小孩會如何毀了你的生活嗎？」

我的娃娃這一週都和我在一起，有時我甚至覺得自己可以分辨肚子餓和心情不好兩種哭聲的差別，我的父母曾經告訴我，他們以前也能分辨。基本上我不在意娃娃的哭聲，不過我躲在祕密房間時，倒是會擔心它的哭聲回音太大。但是，半夜的哭聲更叫我擔心。

羅素這幾天不在家，可我很擔心他會在我睡著後回來，擔心他聽到哭聲會生氣，所以我的腹部一直像是吞下一千個冬季那般寒冷痛楚。

過去三天晚上，只有我們兩個，我和娃娃。我完全沒去注意房子裡平常的怪聲音，簡直像原本就不存在似的。有娃娃陪伴非常開心，一點也不麻煩，只是我不確定羅素何時會回家。

現在娃娃用擔心的眼神看著我，我順一順它的頭髮，撫摸它的臉頰。

「搞什麼？」傑瑞德的聲音像飛彈一樣射向我，「你把娃娃當真的人在撫摸嗎？」班上所有人都在看我，克莉絲汀翻了翻白眼，薇奧莉盯著我看，她的眼睛顏色相當深，水潤潤的，另外幾位女孩在笑。

我看了傑瑞德一眼，就在這時我看見從他背包露出來的物品：娃娃，紅潤的臉頰都塌陷了。傑瑞德快速站起來，把背包撞到地上，娃娃的頭重重擊到地面。

「傑瑞德！」卡萊兒老師原本看著電腦，抬起頭來，「這些娃娃很貴！」

傑瑞德一臉憤怒，抓起娃娃的頭髮，扔在椅子上，然後看著我。

我快速掃視卡萊兒老師，她再次專心盯著電腦。

傑瑞德像獵食者、像狼一樣朝我走來。

我可以聽到自己的心跳聲，下一秒我無意識地把娃娃拉到腿上，用雙手環抱。傑瑞德停下腳步，好像嚇到了。

然後他露出狼一般的笑容，「看來有人**真的**很喜歡他的娃娃。」

我聽見一些笑聲，感覺臉發熱。我應該要把娃娃放回桌上，大家似乎覺得我抱著它很奇怪，可是如果我那麼做，傑瑞德可能會抓住我的娃娃，傷害它。

「傑瑞德，」卡萊兒老師很不耐煩，「回位子上坐好。」

但是他沒有照做。

他低頭盯著我，黑色眼睛就像他以前用黑色蠟筆塗我的水彩畫一樣，充滿憤怒。

「傑瑞德。」卡萊兒老師又說一遍。

黑色的憤怒開始旋轉，布滿他整張臉、整間教室。

「傑瑞德。」

他吼了一聲，開始往自己的桌子倒退，眼睛始終盯著我。

然後他把他的娃娃推到地上，砰地坐在椅子上。

〈15〉亞當

我從沒有進過留校察看的教室，不過我立刻就知道接下來肯定不好過。這裡沒有窗戶，沒有色彩，沒有貼海報，基本上是一片荒涼。教室裡有五張桌子，全都面向一面灰色牆壁，好讓我們背對老師。從地板延伸到天花板的木板，把每張桌子像淋浴間那樣分隔開來，我猜是為了防止分心，或是盯著對方找樂子，不過卻營造出困在角落的感覺；我從小就明白這是很難熬的懲罰。不到五分鐘，我已經起了雞皮疙瘩，我需要移動身體，或是看看其他東西，隨便什麼都好，但這間教室就是設計成讓你只能盯著牆壁。

我身後傳來砰的一聲。

我調整椅子的角度，恰好看見查理和傑斯從門上狹小的玻璃板竊笑看著我。我正準備趕他們走，這時負責這間教室、年紀有點大的女士命令：「轉過去。」我的視線再次盯著灰色磚牆，感覺又回到了那個裝冰箱的紙箱。

小學五年級，也就是成為朱利安閱讀同伴的那年，班上有兩位過動症學生：我和戴倫・霍特。我不覺得我們很相似，畢竟他都自己玩，經常會做奇怪的事情，例如用膠帶收集地上的紙屑。

某一天早上，我們進到教室，看見角落有一個裝冰箱的紙箱，而戴倫的桌子不在原本的位置上。納瑟克老師解釋，戴倫希望能有安靜的空間，也就是說他和他的桌子都在箱子裡。

好幾週戴倫都在箱子裡上課，有一天他沒來上學，而我因為把小翠的辮子當跳繩甩，惹她生氣，所以納瑟克老師建議我到戴倫的小房間待一下。

我沒有拒絕，於是走進戴倫的箱子，坐在他的桌前。紙箱牆上貼了許多從雜誌剪下，或用電腦印出的昆蟲圖片，一個角落裡有十幾顆膠帶球。這裡真的很詭異，更糟的是，真的很無聊。

我覺得戴倫很可憐，一整天都像這樣待著，我發誓絕對不再搗蛋。我不會再把膠水倒在手上，假裝是老人的手，我不會再試著拆掉小翠完美的髮辮，我發誓會保持安靜，乖乖做我的作業。

不難想像，我後來告訴媽媽那天是怎麼度過的，她不太能接受。隔天早上她陪我一起走進教室，一手攬著我、保護我，她想知道納瑟克老師為什麼把我關在箱子裡。

老師結結巴巴，說這個方法對過動症孩子很有效，他們不會受到太多窗戶、明亮色彩、其他孩子的外在刺激，能夠更專心，也比較快樂。

「快樂？」媽媽怒吼，「我的小孩有心靈創傷！」

這話說得太誇張了，我是很無聊，但並沒有在箱子裡待一整天，我有出來吃午餐、下課休息、上廁所，還為了問問題至少從箱子裡出來一百萬次。

納瑟克老師相當驚慌，「這只是一種實驗。」

我認為這是當下最不該對我媽說的話，我記得接著媽媽說了史丹佛監獄實驗的事情，然後又說了一些我們都覺得不太光榮的事情，於是納瑟克老師開始哭，當著全班的面哭。

隔天戴倫回來上學，校長沒收了他的小房間，他相當氣我，不過我不懂有什麼好氣的，誰會想要一整天待在箱子裡？

朱利安

我的祕密房間比平常黑暗，外頭灰濛濛的，正在下毛毛雨，只有非常微弱的陽光從舷窗照進來。四周很安靜，耳朵可以聽到寂靜的聲音，卡萊兒老師今天收走了娃娃，所以不會有任何干擾。我從背包裡拿出花生果醬三明治，咬了一小口。

一整個早上，我都在想怎麼回答亞當一定會問我的問題：**今天有發生什麼有趣的事嗎？**不過最後一堂課我來到走廊上，準備和他會面時，他並沒有出現。我一直等，一直計算時間，十分鐘，十五分鐘，二十分鐘。

接著我看見薇洛克醫生大步走過來，「真的很抱歉，」她說，「我以為如果你沒見到亞當，就會自己來找我。」她解釋今天他不會過來，但沒告訴我原因。

我又咬了一口三明治。以前每天早上，爸爸都會幫我準備午餐盒，當時看他製作三明治很簡單，但現在味道怎樣都不對。

說來奇怪，思念一個人竟然有這麼多方式，你會想念他們以前做過的事，想念他們的樣子，但同樣也會想念你對他們的意義。你說過的話、做過的事，對他們來說都如此美麗、有趣、重要，你在他們心裡多麼有地位。

小時候我腦中永遠有一大堆想法，我知道一放學媽媽或爸爸會想聽我說。如果你知道之後會和某人愉快聊天，你會用你的目光，以及他們的目光看待一整天發生的事，就好像他們和你一起度過這一天。但如果之後沒人和你聊天，則不只是不能用對方的目光看待事情，你甚至根本看不見任何事物，因為對方不存在，你也不存在。

〈16〉朱利安

「朱利安？」薇洛克醫生謹慎的語氣，把我的注意力拉回來，「你希望今天亞當也一起加入我們嗎？」

亞當和我從美術教室走到她的辦公室，他因為有點跛，所以我們走得比平常慢。他告訴我他星期五被留校察看。他說其實沒有很糟，因為大概過了一小時後，裡頭的老師就變得對他很好。「你想回去嗎？」我問。亞當說：「你的意思是，我想不想再被留校察看，好跟艾格妮絲老師玩撲克牌？」我點頭。「朱利安，你好有趣。」他笑了，但沒有回答我的問題。

而我也還沒回答薇洛克醫生的問題。

如果亞當加入我們，當然非常好，但是薇洛克醫生現在用很強烈的眼神看著我，我不曉得該怎麼回答才好。我不想害她傷心，亞當說不定也不想進來，於是氣氛變得很尷尬，因為我們兩個都沒開口說話。

「沒關係，」她終於說，「我只是覺得你會比較希望他加入。」

「好。」

「好？」

「他可以進來，如果他想要的話。」

她點頭，離開辦公室。幾分鐘過後，亞當跳著進來，開始翻看所有桌遊。「好耶！」他歡呼，「疊疊樂。想玩這個嗎？」他已經拿下遊戲盒，跪在紫色茶几前。

「要怎麼玩？」

「你沒玩過疊疊樂？」通常這樣的話會讓我難為情，因為接下來會伴隨羞辱，不過他很自然地微笑，一點惡意也沒有。

他倒出盒子裡許多小木塊，我滑下沙發，學他一起跪在茶几前。

「我們等一下可以玩『對不起』，」一會兒後，薇洛克醫生說，「我知道你有多喜歡那套遊戲。」我一點也不喜歡「對不起」，從沒喜歡過，但我看得出來她是想表示友善。

「我喜歡這個遊戲。」我抬頭看她一眼，希望不會冒犯到她。

她一點也不介意，她和亞當一樣燦爛微笑。

〈17〉亞當

星期五我們沒有像往常一樣，走去薇洛克醫生的辦公室，我刻意改變方向，慢慢在樓上的走廊散步，再下來，一直上上下下，路程相當荒謬複雜。

我一直在等朱利安問我原因，但我也不曉得怎麼回答，畢竟我不能誠實告訴他，我現在是他官方指派的朋友。薇洛克醫生要我一整堂課都陪他散步聊天，其實滿好的，除了我必須把任何「值得擔心的事」回報給她，我當然不會這麼做。她希望他能有朋友，即使是被指派的朋友，這部分倒是很貼心。

我們在學校繞了三十分鐘，目前正往庭院走去。「好像有人在燒落葉。」我說，即使天氣不冷，朱利安依舊打了個寒顫。「我喜歡這個味道，讓我想刻南瓜燈籠。」

「亞當？」他又用奇怪的肩膀痠痛姿勢抓住手臂。

「怎麼了？」

「我不想害你惹麻煩。」

「什麼麻煩？」

「沒有帶我去薇洛克醫生的辦公室。」他終於說了，「我不想害你被開除。」

我忍不住大笑，「你好有趣。」我看著磚牆，猜想自己是否能跑上去再後空翻下來。

「我不會惹上麻煩的，是她說我們可以到處晃晃。」我跳起來，結果卻屁股著地。「噢！」

我躺在地上，朱利安小心翼翼地坐在木頭長椅上，「你之後有什麼活動？」

「什麼意思？」

「例如今天晚上，或是這個週末。」

「我不確定。你有什麼活動？」他說話謹慎，像是一個剛學會使用請和謝謝的孩子。

「去聽演唱會。你喜歡演唱會嗎？」

「我們從沒去過演唱會。」朱利安很少提到他的父母，即使提到了，也是像這樣，彷彿他們生前沒發生過的事，往後也不會發生。「我的……」

過了一會兒我發現他沒打算繼續說下去，於是追問：「怎樣？」

「我媽媽喜歡音樂。」

「我知道。」

「她什麼樂器都會彈，什麼歌都會唱，不過我們沒去過演唱會，我不知道原因。」

「你今晚想去嗎？」

「什麼意思？」

「你想去演唱會嗎？」

「我沒有票。」

「我可以幫你弄到票。」應該可以吧，「票一搞定，我就傳簡訊給你。」

「我沒有手機。」

「真的假的？大家都有手機。」他有點尷尬，「沒關係，你六點直接來我家。」

我必須先幫媽媽做好心理建設。朱利安曾在我們家待了八個月，後來有個社工突然來帶走他，說他其實有親戚：朱利安的姨丈，也是他的教父。媽和我以為我們至少能去拜訪朱利安，但她從負責這個案子的女士手中拿到一張通知，上頭寫著那位姨丈認為朱利安需要適應新家，如果看見我們，會妨礙他適應。我還記得媽像是對待朱利安一樣，小心地把紙條摺好，輕輕放入抽屜裡。失去朱利安，對媽、對我而言，跟死亡沒兩樣。

「你想去嗎？」我問。

他微笑，開心的燦爛笑容，彷彿準備吹熄生日蛋糕蠟燭的孩子。「想。」

〈18〉朱利安

睽違四年，我再次站在亞當家的前廊。

但是我提不起勇氣敲門。

我有一股奇怪的暈眩感，像是某一次媽媽和我去健行，我們走過一座吊橋時一樣。我還記得站在吊橋邊往下看的感受，我嚇壞了，但又覺得景色很美。

我深呼吸，然後敲門。

過了一會兒，亞當打開門，說：「嘿，進來吧。」房子和我記憶中一樣，黃色色調，物品零亂，像電流一樣充滿活力。「我快準備好了。」他往我印象中共用的房間飛奔而去。

屋內依舊到處都有亞當的照片。幼兒時期的亞當光溜溜地站在浴缸內，臉上有泡沫鬍子；亞當驕傲地捧著一顆刻得不太好的南瓜燈籠；五、六歲的亞當，與十幾位孩子參加溜冰派對。

我靠近一張用黑色相框裱起的照片，是我，九歲時的我，站在用來充當舞臺的木箱子上微笑。我掃視掛滿相片的牆壁，再次找到我的照片。有一張是亞當背著我，另一張是我牽著他的手。

「嘿，」亞當站在我後方，「你準備好了嗎？」

我點頭，試著微笑，但看起來像是做鬼臉。

他似乎不太在意，要我跟著他走。我跟著他穿過一扇搖晃的門，站在亮黃色廚房中央，正在用擀麵棍擀麵團的是凱薩琳，亞當的母親。她和我記憶中一樣漂亮，我感到一陣特殊的痛楚；每次我打開行李箱，都會有的心痛。突然我意識到自己應該打扮正式一點，像上教堂那樣，然而我卻穿著過短的牛仔褲、太小件的上衣，腋下和領口都有破洞。

她從中島後面走出來，伸出雙手彷彿要擁抱我，接著她看了亞當一眼，把手放下。「朱利安，你好嗎？」她叫我名字時，有一種特殊的情感，像是在叫**親愛的**或是**甜心**。

「很好。」我覺得只有機械式地回答**很好**似乎不太妥當，不過我只想到這個答案。沒有人說話填補沉默，氣氛很尷尬，接著我聽見外頭傳來很吵的貝斯聲，牆上掛的銅鍋因此咯咯作響。

「應該是卡蜜拉來了。」亞當說。凱薩琳對他微笑，一副他說的每句話都很有趣、值得聆聽的態度。「媽，我們該走了。」他親吻她頭的側邊。

「朱利安？」她伸出一隻手，快要碰到我的肩膀，「你隨時都可以來玩。」

我點頭，然後跟著亞當穿過搖晃的黃色門。我從客廳的窗戶看見一輛載滿年紀比我大的孩子的車，他們紛紛下車，走到草坪上，這時我才明白要去演唱會的不只亞當和我。

他套上夾克時，我從後門衝出去，觸動了感應燈，「嘿，」他跟著我來到後院，「你要去哪裡？」

「對不起，我不能去了，謝謝你邀請我。」我又踏出一步，他過來擋住我。

「為什麼？」他隨我的視線看到一屋子陌生人，「我朋友都很酷。」

這就是問題所在，他們很酷，而我就只是我，我不知道要和他們說什麼，他很快就會明白這一點。

「來吧，我幫你介紹。」

聽起來很可怕，我後悔來這裡了。

＊＊＊

情況和我想像的一樣尷尬，並不是因為他們不友善，而是我根本不曉得要說什麼。我真是受夠我自己了，這種大家不費吹灰之力就能做到的事，我卻一竅不通。

我在那個叫卡蜜拉的女生的車裡，度過非常漫長、不舒服的路程。到達目的地後，大家抓了毯子，加入這片廣大土地上成千上百人的行列。我依舊有些暈車想吐，震耳欲聾的音樂害我頭痛。亞當和他的朋友談天說笑，像小狗或小孩一樣爬到對方身上。看著別人這麼要好，我就像是擅闖陌生人的感恩節晚餐一樣，超級不自在。

更糟的是，亞當消失在人群裡。

幾分鐘過後，有人問他在哪裡，那個叫查理的高大金髮男生回答：「你覺得呢？一定是到處跑來跑去。」每個人好像都懂他在說什麼，紛紛點頭，查理發現我在看他們，面露生氣表情。他不喜歡我，雖然並非意料之外，我依舊覺得很受傷。

我坐在草地上，膝蓋頂著臉頰，想辦法讓自己溫暖一點，其他人則坐在毯子上聊天。過了一會兒，亞當回來了，跟我打招呼，然後又一邊笑著說話，一邊蹦蹦跳離開了。

天色越來越暗，氣溫也開始下降，我冷得發抖。

有個裹著毯子的人影在我身旁坐下，我嚇了一跳。天色很暗，也許她沒看見我就坐了下來，等到她發現我，應該會想離開。

但她並沒有離開，反而注視著我說：「我好久沒見到你了。」

「妳好久？我是說……妳記得我？」

我住在亞當家時，小翠偶爾會來玩，她總是穿著洋裝，像天使或別人的媽媽一樣美麗。我還記得有一天在藍綠色的湖邊散步，小翠針對我的藍綠色眼睛說了些什麼；我還記得每次我走累了，亞當會蹲下來，讓我爬到背上，等我休息夠了，我會走在他們中間，牽著他們的手。

「我當然記得你。」小翠說，「你就像亞當的弟弟。」她臉上閃過一絲憂慮，我想我大概是說了或做了蠢事，但不曉得究竟是什麼。我們安安靜靜坐著，我以為她會離開，去和其他人坐在一起。

然而她卻對我微笑，說：「很高興你也來了。」

〈19〉朱利安

演唱會之後，星期六和星期日過得相當寂靜。

星期一和往常一樣，我像是坐在游泳池裡，聽著水面上的人說話。

星期二我會和亞當見面，揮別三天來的寂靜，我終於又能呼吸了。然而我們繞了學校幾圈，走進庭院幾分鐘後，一切就結束了。

接著是當隱形人的漫長星期三，以及更加漫長的星期四。

在星期四和星期五的半夜，我發現房門口有個人影，便醒了過來。有時我太害怕，誤以為房門口有不存在的人影。

我找到手電筒，打開燈，說：「是羅素嗎？」

沒人回答。

但**確實是**羅素站在那裡，他的眼裡充滿我無法分辨的情緒。我們注視著對方，誰都沒有說話，然後他轉身離開。

又來到了星期五，我再次和亞當在校園裡散步。他渾身都是活力，對所有遇到的疲倦老師微笑，而我每走一步肚子就更痛。我必須一直往前走，必須不停繞著校園，我害怕散步時間結束，也對自己的恐懼感到難為情。

亞當看我一眼，抓走我手上皺巴巴的紙，他看見上面的分數，我們兩個都嚇得縮了一下身體。我試著把報告搶回來，但是他繼續往前走，我覺得他這樣不太好，因為平常他沒有邊走邊看東西就已經常常跌倒了。

「你寫了科學報告？」他問。

我點頭。

「真奇怪。」他把報告翻到背面，停下腳步，「這樣實在太過分。」我想他是看見了威絲特老師的評語，「我覺得不能因為拼錯字就扣你分。」

「為什麼？」

「你有閱讀障礙，不是應該要有……大家是怎麼說的……評量調整嗎？」

「沒有，我已經沒有閱讀障礙了。」

他一臉懷疑地看著我的報告，「你沒有接受閱讀改進之類的治療嗎？」

「沒有。」

「也許薇洛克醫生可以幫你測試。」

「我想我並沒有閱讀障礙。」我只是不聰明而已。

「如果你真的有的話，有很多種療法，像是運動、順勢療法藥水……」

「藥水？」

「對啊，世上所有的病都有治療方法，我也是靠順勢療法的藥擺脫過動症。」

亞當跑進庭院，我跟上去，他一到戶外就像脫韁野馬一樣。我坐在長椅上，他用腳踢著一堆落葉，然後跳進落葉裡。他脫掉紅色連帽上衣，當作枕頭躺在地上，然後把我的報告舉到面前，再讀一次。

「其實滿不錯的。」過了一會兒，他說，「你從以前就很會寫作，不要再搖頭，我說的是實話。有時候人就是沒有耐心，你的老師看不懂你的筆跡，而你也無法正確拼字，於是她放棄了，但這不代表你文章寫得不好。」

我近距離看他，想看懂他的表情，他似乎是認真的。我想起裝滿故事的行李箱，心跳開始加速。也許真的有人能讀懂，也許真的有人會喜歡。

「人就是很沒耐性，你知道嗎？」

我點頭。我知道。

「小時候我的過動症有點失控，老師被我搞瘋了。我並沒有故意要惹誰生氣，但我就是沒有辦法乖乖坐好。六年級我每一科都不及格，真的，每一科，所以媽媽帶我去看醫生、吃藥。

「結果算是有效。我可以好好坐在椅子上，保持安靜，老師很開心。但我開始覺得不舒服，非常非常不舒服，常常嘔吐，無法入睡，體重也下降。」

我不願去想像亞當生病的模樣。

「後來醫生說這是藥物的副作用，他告訴我媽，可以幫我換另一種藥，但是她不願意。就是從那時開始，她接觸營養學和順勢療法，只要能讓我舒服一點的，她都願意試試看。」

「你有舒服一點嗎？」

「有啊，好多了。」

「所以你現在每科都及格嗎？」

「都拿A和B。」

「但是你……」他抬頭，等我說完，「你依舊有過動症不是嗎？」

「我不知道，也許有吧，不過我成績很好，可以控制自己的行為，過得很開心。」

「很好，亞當，我不希望你不開心。」

他的肩膀離地，露出我無法理解的笑容，然後從落葉堆爬起來，把報告還給我，紙比一開始更皺，上面還沾了泥土。「下次要交報告前，跟我說，我會幫你檢查。」

我點頭，但我不會這樣做。他好心提出這個建議，我也應該好心地別麻煩他。風變強了，他沒有把連帽上衣穿回去，而是把帽子的部分戴在頭上，往前走時，衣服就像披風一樣在他身後飄揚。

〈20〉亞當

今天是十一月最後一天，超級冷，放學後我走去停車場，身上依舊穿著抵抗教室裡西伯利亞冷空氣的保暖衣。我準備上車前，發現朱利安站在階梯上，動也不動。

「嘿！朱利安！」我喊他。他像是快速回過神來似地抬頭，我揮手要他過來，他慢慢靠近。「你錯過校車了嗎？」

他露出有時會浮現的可疑表情，彷彿腦子裡正在編織謊言。「對。」

「上車，我載你回去。」

「沒關係，」他說，「你不用載我，沒有那麼遠。」

「你家在哪裡？」

「韋克街，水塔旁邊。」

「那裡有十哩遠耶！上車。」

「沒有很遠，其實——」

「朱利安，你快點上車就對了。」

他快速坐上副駕駛座，驚訝地四處張望。「好像太空船。」

我咯咯笑，這時查理打開副駕駛座的門，命令他，「去後面。」我本來想出聲制止，但朱利安已經爬到後座了。等艾莉森、傑斯、卡蜜拉和小翠紛紛坐上後座，我便把車開離停車場，大家開始聊起明天小翠在家舉辦的生日派對。

「到底有誰要去？」卡蜜拉想知道。

「有我們，當然。」小翠說，「還有凱瑞、梅森，和那群人，還有——」

「等等，*戲劇課那群*？」卡蜜拉譏笑。

「說話小心點，卡蜜拉，」查理笑著說，「亞當也算是戲劇課那群。」

「是啊，要是我當初沒選那堂課就好了。」我看著後照鏡，看見臉色相當蒼白的朱利安，完了，其實我沒有忘記他有汽車恐懼症，我只是以為他可能已經好了。

「朱利安，你要來嗎？」小翠問。

他完全沒開口回答，車內一片安靜。

我再次看向後照鏡，發現艾莉森就像我扭傷腳踝那天一樣，用媽媽一般擔心的表情看著他。

過了很久我終於聽到微弱的聲音說：「好。」

幾位女孩小聲說他*好可愛*，他大概因此更難為情了。幸好傑斯把他的手機接上我的汽車音響，喇叭開始傳出尖銳的吉他聲，拯救了不知所措的朱利安，但折磨了其他人的耳朵。

車子開到朱利安說的那條街時，我很高興終於有藉口把音量調低，「哪一間？」我問。

「右邊第五間。」

「這間嗎？」我驚訝地問。

「對。」

「哇，很不錯的房子。」

那是一棟兩層樓房屋，外層貼了白色石磚，有兩排方形窗戶，屋頂四個角有尖塔。很漂亮的房子，但我覺得很奇怪，買得起這種房子的人，應該也能幫孩子買支手機和合身衣服才對。

〈21〉朱利安

空氣中有股冬季特有的冰冷金屬味，刺激感官，驅趕睡意。我加速踩著腳踏車，偶爾碰到地上結冰會打滑。有時候我很想騎腳踏車上學，但因為車子很小，我知道大家一定會嘲笑我，那樣的話我會非常難過，因為這臺腳踏車是爸爸買給我的。

我的頭腦冷得相當清醒，手上拿著一個包了粉紅色包裝紙的小盒子，另一手敲了敲亞當家的門。他開門讓我進去，我們走進客廳，小翠、卡蜜拉和艾莉森正在聊天。

「你買禮物給我？」小翠問。

「今天是妳生日。」我說。

她的笑容很溫柔，雙手仔細地把包裝紙拆開，每個人都盯著看，我覺得很難為情，我以為自己的禮物會和其他幾百件禮物放在一起。她看起來很開心、很期待，害我更加焦慮，我送的並不是非常好的禮物。

「我好喜歡！」她低頭對著一個陶瓷蝴蝶微笑，「你怎麼知道？」我不曉得她這句話是什麼意思，「朱利安，謝謝你。」

有人開了音樂，三個女孩要亞當和我坐下。她們走到走廊另一頭，消失不見，接著穿著不同的衣服現身。

「在心裡記分，」卡蜜拉要求，「等一下告訴我們，哪一件衣服最辣。」她們轉了幾圈，又跑去換下一套。

「她們好像嗑了藥一樣。」亞當笑著說。

凱薩琳在女孩去換衣服時走進客廳，看見我後對我微笑，並給我吃味道像鮮草的餅乾。

女孩回來了，尋求我們的意見，我已經記不得她們幾分鐘前穿了什麼，所以只好說謊。換了四套衣服後，她們坐在亞當家的黃色沙發上，注視著我。

「朱利安，」小翠優雅地說，「我們想談談你的服裝。」我轉頭看亞當，他露出看好戲卻又同情的表情，「例如……你今天穿的這套。」

我覺得眼睛後方刺痛。我是真的很想為她的生日派對精心打扮，我甚至還偷溜進羅素的房間，借了一件前釦襯衫。

「你的服裝沒問題。」亞當對我說，並對小翠搖頭。

卡蜜拉跳起來，「我們要帶你去買衣服！」

我的胃絞痛。我沒辦法去買衣服，但我說不出口。「我今天的衣服——」

「不准拒絕。」她打斷我，其他女孩把我上下打量一番。

「三位小姐，」亞當說，「妳們嚇壞他了。」他轉向我，「如果你不介意，我好像有一些舊衣服你能穿。」

「來看看吧！」艾莉森說，她們三個往亞當的房間跑去。

「現在？」他在她們身後呼叫。

「今天是我生日。」小翠大聲說，「朱利安，進來。」

亞當又對我露出同情的笑容，聳聳肩，「今天是她生日。」

我走進他的房間，她們正把衣櫥裡的東西拉出來。他的房間和我記憶中不一樣，本來是兩張床，現在只有一張大床，大部分超級英雄公仔和海報都不見了，不過那個魚缸還在，只是如今空無一物。我住在這裡的期間，凱薩琳曾念過一個故事給我聽，故事裡水手艾利安遇見一位外星富家千金，她帶他參觀寬敞的臥室。其中一面牆掛著整片布簾，她把布簾拉開，後方不是外太空，而是一隻像鯨魚一樣大的生物正在游來游去。原來那不是一扇窗，而是巨大的水族箱。我好喜歡那一幕，我也想要有那樣的房間，於是凱薩琳買了魚缸給我。

「過來這裡。」卡蜜拉命令我，三個女孩輪流拿衣服在我身上比對。

「這一件好像很適合。」小翠說。

「我真的不懂，為什麼那麼多男生都要穿像睡衣一樣的襯衫。」艾莉森說。

卡蜜拉拿掉衣架，把衣服塞給我，「試試看。」然後她就站在那裡，以為我真的敢在她們面前脫衣服。

我突然一陣恐慌，「呃……」

「我們已經看過男生裸體了。」卡蜜拉眨眼。

「但可不能看他的裸體。」亞當走進來，他推開一排衣架，從後方拿出一條深色牛仔褲，遞給我。「女士，我們要清場，他可不是脫衣舞男。」

「小翠！」卡蜜拉跳起來，「我們一定要請脫衣舞男去妳的派對！」

女孩大笑，亞當把她們趕出房間。他把門關上後，我趕緊換衣服，襯衫和牛仔褲都很合身，我已經記不得上一次穿合身的衣服是什麼時候。

我打開門，發現大家都等在門外，嚇了一跳。三個女孩開始鼓掌，要我轉圈，亞當笑著聳肩，所以我照做了。

他們再次拍手，我的嘴角抽搐，擠出笑容。

＊＊＊

「會有魔術師嗎？」我問，上一次我參加的生日派對有魔術師。

亞當微笑搖頭，彷彿我說了什麼好笑的話。我環顧小翠家的客廳，看起來沒有派對的氣氛，沒有氣球、彩帶，或裝滿糖果的紙偶這類物品。

亞當和我在其中一張長沙發上坐下，沒過多久，很多四年級生到來，我認出幾個有去演唱會的，但大部分都是陌生人。

幾個女孩從大門走進來，手上拿著四瓶一組的粉紅色玻璃瓶，她們身旁有一群拿著大罐啤酒的男生，每個人紛紛歡呼，付錢給他們。

「我沒有帶錢。」我小聲說。

「沒關係，」亞當說，「我先幫你付。」不過他的表情好像不太想這樣做。我拿了一瓶啤酒，他的表情更嚴肅了。我喝了一口，明白這玩意兒有多噁心，我不想繼續喝，但因為亞當要幫我付錢，我不好意思不喝完。

卡蜜拉好像看穿我的心思，緊盯著我，「很噁心嗎？」

「不會，很好喝。」我撒謊。

「喝這個，這個比較好。」她把粉紅色玻璃瓶遞給我，瓶口有她的口紅印，看起來也滿噁心的，不過我不想惹毛她，於是喝了一小口。

她說得對，這個比較好喝，有點像碳酸飲料。「好喝。」她從紙箱裡拿了一瓶給我，「我會還你錢。」我告訴亞當，但其實我不曉得該怎麼還他錢，我所有存款都拿去買小翠的禮物了。

「這個酒精濃度比啤酒高。」有人打開了音樂，所以他必須大聲說話。

「真的嗎？」

「對，你還是喝一瓶啤酒就好。」他把我還沒打開的粉紅色飲料還給卡蜜拉。

「我可以喝汽水就好嗎？」現場有幾瓶三公升汽水，幾個孩子倒在紅色塑膠杯裡喝。

卡蜜拉笑了起來，「亞當，不要一直當他的保母。」

「他才十四歲。」

「我快十五歲了。」

「你是七月生的。」他笑著說。

卡蜜拉似乎對我們的談話內容沒興趣，逕自走掉了。

亞當拿了一杯汽水給我，然後也離開，穿梭在不同群組裡。真希望我也有和他一樣的聊天技巧。聊天是一種技能，他可能不明白，但確實是。

我看著周圍的人越來越多，有一群女孩在跳舞，角落有一男一女在接吻，另一個角落有幾個孩子輪流抽著菸斗，紅色的，像是小時候玩的吹泡泡菸斗。我看見亞當，他吸了一口，吐出煙，然後把菸斗傳給下一個人，自己消失在另一群人裡。

時間一分一秒過去，我始終獨自坐在沙發上，喝著汽水。我好尷尬，好想離開，但又因為無法離開，孤獨感更強了。

喝到第三杯汽水時，大家突然湧入客廳，擠在沙發或是地上。他們爭論誰要先開始，最後由卡蜜拉勝出。

她環顧整個客廳，氣氛安靜緊張，接著她竊笑說道：「查理。」艾莉森坐在查理腿上，被叫到名字時，她拍拍他的背。「很好，我看看……脫掉你的上衣，然後——」卡蜜拉還沒說完，他已經抓住衣服下襬，把上衣脫掉，似乎對自己的身材很滿意。「然後脫掉亞當的上衣，然後——」

查理的笑容消失，皺著眉頭，「我不要。」

「快點，查理。」亞當對他誇張地拋媚眼，「你這個性感猛男快過來。」

「不要。」

大家開始說查理很遜，叫他一定要照做，所以他終究還是脫掉亞當的上衣，按照指令把雙手貼在亞當胸膛上，忍受大家的尖叫和口哨聲。接著他一臉厭惡地把上衣穿上，雙手抱胸。

下一個大冒險指令也包含了某種程度的裸露和尷尬，我知道自己遲早得照指令做出可怕的事，或是別人要對我做出可怕的事。

我不想脫掉衣服，我不能脫掉，但如果我拒絕，大家會生氣，說我很遜。

亞當從地上跳起來，和我一起坐在沙發上。「朱利安受我監護。」他大聲宣布，害我局促不安，「他只負責看我們做蠢事，就這樣。」沒有人反對，我漸漸放鬆。

幾乎每個人都被迫做了可怕的事，接著有人再次打開音樂，大家又往角落、暗處散開。我又一個人獨自坐在那裡，正打算再拿一杯汽水，這時卡蜜拉坐到我旁邊來，她像是頭很重似地搖晃脖子，往我挨近。

「你的眼睛真漂亮。」她說。

「謝謝。」

「眼珠子是什麼顏色？」

「我不知道。」

她往前倒，手臂像麵條一樣癱軟，拿著大玻璃酒瓶，朝我的杯子裡倒伏特加。「可是亞當——」

「——很煩。」她嘟起下嘴唇，「他又不是你爸，不用聽他的。」

卡蜜拉用長長的紅色指甲敲我的杯緣，我喝了一口，開始咳嗽。「我比較喜歡另一種。」

「那就加這個。」她拿起汽水倒入我的杯子，我啜飲一口，「好多了嗎？」

我點頭。是好多了，但依舊不好喝，我一直吞嚥口水，讓味道散掉。

新的一首歌開始播放，大家像是聽見自己最愛的歌那樣歡呼。歌曲節奏快，很吵雜，大家開始跳了起來。卡蜜拉抓住我的袖子，拉我往跳躍的人群裡走去，我感覺四肢發出輕輕的嗡鳴聲，一切變得很緩慢柔和。

我和她緊貼著身體跳舞。我沒有名字，只是一個在搖晃軀體裡的單細胞。我暈眩、我存在、我活著。

亞當

已經過了凌晨三點，大家都走了。艾莉森和查理應該載我回家，但我想他們自己先溜了。我在找朱利安，卻只看見小翠閉著眼，半坐在客廳閒人勿進的高級沙發上。我被波斯地毯絆倒，她睜開眼。

她微笑，肩膀不像士兵一樣挺起，而是垂下。「你知道每次你走進這裡，我都會想起哪一部電影嗎？」她問。

「我不知道。」我坐在她旁邊，「很多部電影的主角都有性感的慢動作走路鏡頭，所以可能是——」

「**小鹿斑比**。」

「**小鹿斑比**？」

「你記得有一幕，斑比迎接第一個冬天，牠踩在冰上嗎？」

「小翠，很瞎。」我說，她開始笑。她把頭靠在我肩膀上，這個重量感覺滿好的，彷彿那就是她的頭**應該**待的地方。

「加上你的眼睛、睫毛和顴骨，就更像斑比了。」

「我的顴骨像斑比？到底是什麼意思？」

「就是……有稜有角的臉，高顴骨。你還跟斑比一樣有棕色大眼。」

「很好啊，小翠，每個男生都想聽到這種讚美。」她又笑了，「所以妳現在正式邁入十八歲了，感覺有什麼不同嗎？」

「你自己很快就會知道。」

「我不想再等三個多禮拜，快告訴我。」

「沒有。」她嘆氣，頭依舊靠在我肩上，「沒有什麼不同。」她往下滑，耳朵靠在我胸膛上，「小時候我以為會有，你也是吧？小時候你會不會認為，只要變成大人就會更聰明？更強大？」

「我不知道。」

「我會，小時候我常常在想這件事。十八歲一到，我就要搬出去，成為堅強獨立、永遠不會哭的女性。」

「妳已經是不會哭泣的女性了。」即使她中學贏了拼字比賽，愛咪．伏洛絲嫉妒她，把牛奶倒在她頭上，小翠也沒有哭。要不是她的脖子冒出許多紅斑，我可能也不會知道她為此心情不好。

「我會哭啊，大概一星期哭一次。」

「真的嗎？」

「對啊，不過不會在大家面前哭。你為什麼這麼驚訝？亞當，每個人都會哭。」

「我不會。」她抬頭看我，露出聽到我說我和馬可斯打架一樣的笑容。「我不是故作堅強，我真的不會哭。我媽說就連我還是嬰兒的時候，也不會哭，她說我每天都很開心。」

她再次把頭低下，我感覺她靠在我胸膛上小聲笑，「說得也是。」

「妳媽送妳什麼禮物？」

「還不知道，我明天才能見到她，她現在和男朋友在一起。」

「真的嗎？」我媽要是在我生日時不能見到我，她會發瘋的。

「沒關係，我最想見的人今天都來了。」

「除了布萊特是吧？」他因為有飛行測驗，所以不能抽身。「真可惜他不能來。」

「嗯……我不知道。其實路程並沒有那麼遠，有時候我不曉得還要不要和他交往。」要是我的女朋友這麼漂亮耀眼迷人，一小時車程根本不算什麼。「只要是妳覺得重要的人，就值得和他在一起。」

她離開我身上，往後靠著沙發。

「我該回家了。」我說，「我告訴我媽兩點會到家，現在已經遲到一小時了，我也沒辦法打電話給她，因為我又弄丟了該死的手機。」我跳起來，「妳有看到朱利安嗎？」

＊＊＊

我拉開客廳的玻璃拉門，把外套拉鍊拉上，抵抗寒冷，最後我終於在小翠戶外的彈簧床上發現他。

「你要跳，還是只想躺在上面？」我爬上去，跳了幾下。他開始笑，我知道他喝醉了。

「嘿，我以為我告訴過你──」他抬頭，用驚恐老鼠般的大眼看著我，「算了。」

小翠裹著灰色厚毯子，走到外頭來。她爬上彈簧床，坐在我們旁邊，我用唇語對她說**喝醉了**，她笑了起來。

「朱利安，」我用手肘推他，「該走了。」

他哼了哼，但是不理會我的話。

「我可以陪你們走回去。」小翠說。

「陪我們走回去？」

「夜色很美。」

「在下雪耶。」

「我還不想結束生日派對。」她的幾縷髮絲鬆脫，落在眼睛上，我好想幫她把頭髮撥開。

「好吧。」我跳到地上，對她伸出手，「就陪我們走回去吧。」

我推了朱利安的鞋子，「朱利安。」我說，他對我眨眼，「走囉。」

小翠和我各勾住他一邊手臂，讓他站好。這是第一次我如此靠近他，他卻沒有退縮。沒過多久，我們三個一起在積雪的步道上滑倒。

「你應該背他。」他跌倒第三次時，小翠建議道。

「不要，」他喃喃說道，「要走。」

「妳聽到了。」我說。

他又跌倒，害我也失去平衡，雙腿往兩邊滑開，就像走在冰上的斑比。我試著把腿拉回來，小翠笑著，笑聲像鈴鐺一樣迴盪。我們三個勾在一起，在月光照耀的雪地上一起跌倒，突然我心裡有一股強烈的幸福感，雙腿充滿力量，好想跑步。

「你看見了嗎？」朱利安小聲說。

「看見什麼？」

「我的呼吸。」他用力吐氣，冒出一團白霧。「你看見了嗎？」

「看見了。」

「我是真實的。」

「對，」我同意，「你是真實的。」

我們躡手躡腳走進我黑漆漆的家，這時的朱利安只能由我們拖上床。他背朝下倒在我床上，又開始發出哼聲，我則脫掉他破舊的球鞋。小翠低頭用友愛的眼神看著他，她和朱利安的臉頰都凍得通紅，頭髮被雪沁溼。

「等一下。」朱利安說。我在他身上蓋毯子，他在半夢半醒之間微微睜開眼睛，「你沒有問。」

「問什麼？」我說。

「有多少。你沒問有多少。」

「好吧，有多少？」

他閉上眼睛微笑，「一……萬……顆星。」

〈22〉朱利安

我嚇醒時身上還穿著亞當的衣服。我的頭好痛，昏昏沉沉的，我盡可能讓自己清醒一點。羅素。要是他昨晚回家……

要是他發現我沒回家……

我在地板上找到我的球鞋，用最快的速度穿上，然後往走廊跑去。

我聽見淋浴聲，大概是亞當，但我沒時間等他，我現在就得走。

我跳上腳踏車，踩著踏板，一股冬季寒冷的不舒服感在我胃裡湧起。騎到結冰處我又打滑了，腳踏車開始搖晃，我往一旁傾斜，最後我回復平衡，更加快速地踩踏板。我吸入太多冰冷空氣，肺開始灼熱。

騎到家時，雖然天氣寒冷，但我已滿頭大汗。羅素的車沒有在車道上，我鬆了一口氣，隨即恐懼再次浮起。車子不能代表他昨天沒回家，他可能還是知道我外宿，若是如此……

想些正面的事。

我把腳踏車停在車庫，走回房間，屋裡的寂靜在每面牆之間迴盪，快速騎車吸入的冷空氣依舊在我肺部。我換上乾淨的上衣和運動褲，除此之外我緊張得什麼也做不了，只能坐在床邊。慢慢、慢慢地，我的肌肉開始放鬆，我躺在床上，一直躺到室外的光線起了變化。

一想到太陽下山了，我又湧起另一波緊張情緒。昨晚卡蜜拉在我的杯子裡倒入伏特加，接下來的事情我幾乎不記得，只記得我沉沉睡去。

我希望亞當也能來這裡過夜。

或者我還能再去他家過夜。

但我知道這兩件事都不可能發生。

我現在已經可以冷靜地打開我的行李箱，於是下床翻出一本《水手艾利安》，原本光滑的封面，因為多次翻閱而有了汙漬和磨損。封面上有淡紫色的人物，是淡紫色皮膚和羽毛頭髮的外星人，高䠷纖細，雌雄同體。圖畫正中央有一條白線。這些外星人可以逃離他們的冰凍星球，前提是那個陰暗角色，也就是有著昆蟲翅膀，每根手指尖端都有長滿尖牙開口的高大怪物能放他們走。

我坐在床上，翻開第一頁，每一本《水手艾利安》的開頭都一樣，爸爸媽媽帶他上床睡覺，然後關掉電燈。雖然他的房間一片漆黑，讀者還是能看見他的床、玩具，和五斗櫃上的瓶中船。

翻開下一頁，瓶子開始晃動。

翻開下一頁，瓶子消失了。

船開始變大，房間為了容納船，也跟著擴張。艾利安的父母從來沒發現這些事，但他並不是在做夢；一切都是魔法。

艾利安爬上船，船像鬼魂一樣穿過天花板，飛向外太空。他看見繁星和渺小的地球，一切都好美麗，直到——

我聽見聲響。

有人打開了後門。我仔細聽著，胃和耳朵都痛了起來。是羅素那串鑰匙發出的聲音，他的腳踩在硬木地版上。

我失控的心臟跳得非常大聲，害我聽不見其他聲音。我等待他往樓上走，或是往走廊這邊走過來。

〈23〉亞當

星期一我在學校走廊上邊走邊傳簡訊，正巧看見媽媽從大辦公室走出來。有一瞬間，我對於她恐嚇中學校長的創傷症候群又浮現了。

「媽？」我說。她露出被逮個正著的可疑表情。「妳在這裡做什麼？」

她挺直身體，表情突然變得很凶。「來見皮爾斯校長。」

「喔，我發誓，對講機的事情不是我幹的。」我們的大冒險遊戲也許在第一堂課就開始失控，不過艾莉森沒必要因為自己是辦公室助理，可以接觸廣播系統，就接受這項任務啊。好吧，她確實得接受，不過——

「什麼？」媽媽完全聽不懂，「不是，是朱利安的事。」

「朱利安？他怎麼了？」

「我只是想知道他最近過得如何，但是*那個男人*——」她指的是朱利安的姨丈，「換了電話號碼。他原本就不接我的電話。皮爾斯校長也不肯透露，說什麼有義務保密。」她非常激動，連擺出詭異的假笑都懶了。

「媽，沒事的，妳需要吃抗焦慮藥。」

這個建議造成和平常一樣的效果，剛開始她覺得被冒犯，接著她會說：「你也許是對的。」嘆一口氣，「我要回去工作了。」鐘聲響起，「你也快去上課。」她突然責備我，似乎忘了害我遲到的就是她。

「好。」我傾身擁抱她，「晚上見。」

〈24〉朱利安

「你說的女伴為什麼是他？」亞當把保齡球鞋拿給我時，查理小聲抱怨。

亞當邀請我星期六去打保齡球，當時我沒想到查理也會來。小翠的生日已經過了一週，從那天起我幾乎每天都坐亞當的車回家，傑斯、艾莉森和其他人都會和我聊天，至於查理，我覺得他很討厭我。

我假裝沒看到他在生氣，對亞當說：「我會還你錢。」

「沒關係。」他說，「不過兩塊美金而已。」

我坐在球道前面的一張長椅上，把球鞋脫掉，這時查理很大聲問我：「你有刮腿毛嗎？」這下他和亞當都盯著我襪子和過短的牛仔褲之間清晰可見的皮膚。

「有。」我回答。

「為什麼？」亞當問，他似乎不是在開玩笑。

不過我得先確認：「你現在是在說笑嗎？」

「我超級認真。為什麼你要刮腿毛？」他們兩個瞇著眼睛盯著我的小腿。我真希望自己今天穿了亞當的牛仔褲，雖然很髒，還沒洗。

「因為大家都要刮，不是嗎？」

「不是。」他們異口同聲。

「可是一定要啊，不然會生病，體毛會沾細菌，很不衛生。」

「是誰告訴你的？」查理把我當瘋子一樣看著我。

「我的姨丈。」

「羅素告訴你，如果你不刮體毛，就會生病？」亞當的聲音低沉，顯然在擔心什麼。

「太蠢了。」查理說，「你有看過其他男生的腿吧？」

我知道有些男人會保留腿毛，可是羅素說那是很骯髒的習慣，他們遲早會生病。

「體育課呢？」查理說，「你難道沒有在更衣室看過其他男生的身體嗎？」

「我從沒上過體育課。」

「從來沒有？」亞當問。

「很小的時候有，但已經好幾年沒上了。」

亞當一臉懷疑，「可是那是必修課。」

「我不知道，我從沒必要上體育課。」我說。

「你還是應該知道不需要刮體毛。」查理繼續發牢騷，「大家六年級時都有上過青春期健康教育課。」

我沒有，羅素沒有簽同意書，所以當時男生和女生分別在不同教室看影片，我則被送去圖書館。

「所以……」我說，「你們真的都沒有刮毛？」

「我真的沒有。」亞當說，「男生不會刮腿毛，除了游泳選手，不過那是為了游得更快，雖然我無法理解腿毛究竟能影響速度多少？總之，只有女生才會刮腿毛。」

「為什麼女生就得刮？」

「因為，」查理說，「沒有人想和有腿毛和腋毛的女生約會……等一下！」他抓住我的袖子，「你該不會也刮了腋毛吧？」

我把手抽回來。

「夠了。」亞當說，他移動到橘色塑膠長椅、在我和查理之間的空位坐下，「話說，查理，你今天應付得來嗎？還是說我們要幫你裝扶手欄杆？」

「拜託，」他說，「講得好像你保齡球打得贏我一樣。」

亞當對我咧嘴笑，我也對他微笑。

〈25〉朱利安

星期一早上六點，鬧鐘響起，我看見我的海螺底下，壓了一張二十元紙鈔。我忍著身上的痛，走到房間裡的浴室，每走一步就會牽動腿上的傷口，我頻頻啜泣，淚水刺痛眼睛，提醒我昨晚如何給自己難堪。羅素從來沒有因為我哭而發飆，但我還是覺得很丟臉。

上完廁所後，我想沖澡，可是身體實在太痛。我站在浴室門後的全身鏡前好一會兒，看著從鎖骨到腰部的水平紅色傷口，他從沒有這樣過，從沒打過我的前胸，我根本沒辦法睡，沒辦法趴著，也沒辦法背部平躺，但我還是得想辦法躺在床上，痛苦不堪。

我轉身，看著從肩膀到腿後方的長長紅色線條。我的腿蒼白瘦弱，而且根據亞當和查理的說法，一根毛也沒有，非常奇怪。我知道羅素只是擔心我的健康，但其他人都沒有刮毛，所以我也不想再刮了。

一想到他去工作，而我待在家裡，心裡便湧起另一股懊悔。我討厭自己老是做蠢事，討厭他對我生氣，討厭自己依舊被他的情緒控制。

我轉身再次面向鏡子，看著自己的眼睛。小學三年級我們做了家譜作業，媽媽告訴我家族裡沒有人的眼睛和我一樣。媽媽的家族中，我只認識她妹妹，也就是羅素的妻子，但她在我五歲時過世，所以我對她幾乎沒有印象。媽媽從來沒有和其他親人聯絡，我知道以前發生過一些事，她和父母失和，但是她從來不談，而那時候我也沒興趣追問。

我爸爸沒有兄弟姊妹，他的父母年紀大了才生下他。他說這是奇蹟，因為他們原本以為不能生育。我對爺爺奶奶完全沒有印象，因為我還是嬰兒時，他們就過世了。

我突然發現，我的父母都失去了爸媽，可是他們總是看起來很快樂。這是真的嗎？我想起以前他們凝視對方的眼睛、對彼此微笑，她的眼睛是亮藍色，他的是淡綠色，我兩種都有。有時候我看著鏡子，會覺得是他們在注視著我。

〈26〉亞當

「朱利安有和你聯絡嗎？」星期三我一踏進薇洛克醫生的辦公室，她立刻問。

「沒有，他沒有手機也沒有電腦，所以朱利安從來沒有主動聯絡過我。」

「他今天又請假了。」她皺眉，顯然很擔心。我沒告訴她，也許他只是不想來心理諮商，難道她忘了開學第一週他躲著她嗎？「今天已經是第三天了，我打電話去他家，但到現在都沒人回電。」

即使是朱利安，請假三天仍然有點奇怪。「我可以去他家一趟。」

她抬起頭，「真的嗎？那可真是幫了大忙。」

「我現在就去。」總比坐在這間辦公室無所事事來得好。我發現她要拒絕我，於是我趕緊說：「接下來是午餐時間，所以我不會上課遲到。」

「好吧，你可以去……」她的眼睛迅速掃視左右，接著彷彿辦公室被竊聽似的，小聲對我說，「但別告訴**任何人**是我叫你去的。」

「沒問題，薇洛克醫生。」大家真的擔心太多了。

朱利安

門鈴響了我沒理會，反正每次都是 UPS 送貨員或是推銷員，永遠不是我想見的人。

門鈴再次響起，對方按得很急迫，相當堅持，我慢慢爬下床，痛得不停皺眉。我小心翼翼走向前門，透過貓眼往外看。

「你在這裡做什麼？」我打開門，問道。

「有點禮貌，朱利安。」亞當開玩笑，從我身邊走過去，「不錯的房子。」接著他瞇起眼睛看我，「你怎麼了？」

我往後退一點，怕他想碰我的肩膀，「沒事。」

「你的臉色好糟。」

雖然身上的痛已經稍微減輕到可以忍受的程度，但傷口充血，頭也很痛。懲罰後常常會發生這種事，傷痕開始退去，我卻反而很不舒服。

「只是著涼了，或是流行性感冒。」

「你有去看醫生嗎？」

「沒有。」

「那……你今天吃了什麼？」

「呃……花生果醬三明治。」

他似乎很失望地搖頭，然後再次掃視整間房子。「你的姨丈很討厭科技產品嗎？」

「為什麼這樣問？」

「沒有電腦，沒有電視。你生病在家，一整天都在做什麼？」

「沒做什麼。」

「爛透了。」他同情地說。

他開始像在學校庭院裡一樣，在屋子裡跑來跑去，我非常害怕他會弄壞東西，也怕羅素突然回來。羅素可能兩天不回家，也可能下一刻就回來。

「你的房間在哪裡？」

「走廊最後一間，不過我——」

他開始往反方向跑，然後在大櫥櫃前停下來。「這些是什麼？」

「絕對不可以碰！」

可是他早已打開玻璃門，戳著架子上每一樣物品，包括五臺古董相機、好幾十本首刷書、精緻餐盤，還有一把舊銀槍。

「好奇怪。」亞當拿起槍，「誰會把武器和餐盤放在一起？」

「我不知道，他不喜歡人家碰這些東西，他一點也不喜歡別人進來家裡。」亞當把槍放回去，小心關上玻璃門，我鬆了一口氣。

但隨即他又蹦蹦跳跳往廚房過去，打開冰箱，我再次緊張了起來。「你就只有這些食物？」他問。

我點頭。

亞當仔細看著那些瓶瓶罐罐，皺眉，「如果是還不錯的果醬牌子就另當別論，但這些都是**加工食品**，」他的語氣就像是在罵人，「都是糖和防腐劑。」這也像罵人的話。

「我已經好多了，大概明天就會去上學。」

「要我留下來陪你嗎？」

「不用。」我很快地說，並仔細聽羅素是否開車回來了，「我的姨丈真的很不喜歡有人來家裡。」

「可是你生病了，他不希望你生病時自己待在家吧。」

「無論什麼理由他都不喜歡。」

亞當用相當強烈的目光看著我，有一瞬間彷彿變成薇洛克醫生和皮爾斯校長，以及其他想讀取我心思的人。

「好吧。」他這樣說，表情卻依舊半信半疑，「那我回去了。」

〈27〉朱利安

星期四我去上第一堂課時發現教室鎖著，我愣了一下才看到有一張單子寫著：在二〇二實驗室上課。我到那邊時已經遲到了，不過看來其他人也是。

「昨天我已經告訴全班要在哪裡上課。」威絲特老師看到我之後說，「很難記住嗎？」

「對不起，我昨天請假。」

「你每次都有狀況，是不是？」

我在後方的空桌子前坐下，把頭埋在手臂裡。不一會兒，我身後傳來有人咳嗽的聲音，我睜開眼睛看見克莉絲汀、艾力克斯和薇奧莉站在我旁邊。「這張桌子可以坐三個人，你可以讓給我們嗎？」薇奧莉詢問，她的黑色眼睛圓圓的，眼神很溫和。

「好啊。」

我抓起背包，此時克莉絲汀補了一句：「除非你在等你的朋友。」

「沒有……我沒有在等誰。」

他們三個交換眼神，接著克莉絲汀竊笑，「當然，朱利安，我們知道。」

＊＊＊

「朱利安！」我聽到亞當從一間教室裡呼喊，我停下腳步，看見他坐在位置上對我咧嘴笑。「過來！」他們班亂成一團，於是我繼續在走廊上徘徊。「過來。」

我小心翼翼地走進去。

艾莉森和另一位女孩——我記不得她的名字——站在前面的講臺上，有些學生坐在自己的位置上，但桌子沒有排列整齊，到處散亂，其餘的學生不是站著，就是在教室裡走動。

亞當拍拍他旁邊的空位，我坐下後問他：「這是什麼課？」

「戲劇。你本來要去哪裡？」

我聳肩。

「又要蹺課？」

我再次聳肩。

「你遲早會被逮到。」

他說得對，對此我也很害怕，不過還是非這樣做不可。我去上兒童發展課時，卡萊兒老師要我們分組作業，「我告訴老師我要去保健室。」

「你還不舒服嗎？」

「沒有。」

「所以你裝病？」

「呃……」

「就是因為你，那個凶巴巴護士才會懷疑學生！」他用一根手指指責我。

「我要走了，趁你的老師進來前。」

「她不會進來，她在幫要演出的同學對臺詞。」

「喔，那班上現在誰負責？」

「我。」接著他加大音量，「好了，各位，聽著。」所有人停止說話，看著亞當從自己桌上一個金屬小盒子裡，抽出一張紙條。「心理醫生辦公室裡的憂鬱症患者。開始！」

站在講臺上的艾莉森和另一位女孩，互相在對方耳邊小聲說話，然後那位女孩抱著膝蓋開始哀號，所有學生大笑，她們繼續演出。

亞當的手機響了，他大喊：「時間到！」接著換別人上臺。輪過好幾組表演後，他看著我，「你想演嗎？」

我趕緊搖頭，「不想，謝謝。」

「妳呢，史黛？」他對一個女生說話，直到此刻我才注意到那個女生存在。

史黛一臉尷尬，拉著她鬈曲的亂髮，「我不確定……」

「來嘛，」亞當跳離座位，「我當妳的搭檔。」

我知道他只是想表示友善。亞當所有的朋友都長得很好看，而她就像我，是一個如果周圍有人在看，就不能交談的人。

他們朝教室前方走去，史黛臉紅。

「朱利安，」亞當說，「念出一張紙條。」

我從盒子抽出一張紙條，大家都在看我。「雇……雇用一位私家偵探。」

亞當咧嘴笑，在史黛耳邊小聲說話，她再次臉紅，試著把頭髮梳理整齊。他們的表演真的很好笑，我和班上其他人一起笑開懷。如果他每天上學都是這樣，不難理解他為何會喜歡上學。

手機計時響起，亞當抓住史黛的手，帶她一起鞠躬。他看起來很快樂，不是基於友善或是同情心，而是真的快樂，彷彿他像喜歡所有人一樣喜歡她。

〈28〉亞當

星期五晚上，我們全部聚集在傑斯家的客廳。我提議玩大冒險遊戲，這是我的策略，這樣才有藉口把無法隨之跳舞的音樂關掉。

「好了……傑斯，」查理用讓人坐立難安的眼神看著他，「我要你去舔卡蜜拉的……」他暫停，傑斯緊張地露齒笑，「……皮包。」

他一臉失望，「你是認真的嗎？」我們這週在傅萊老師的課堂上看了一個紀錄片，說皮包比馬桶還髒。「這樣我可能會生病。」

查理竊笑，「舔就對了。」

大家一陣騷動後，傑斯終於投降，頻頻作嘔，事後大口灌了啤酒，彷彿要用酒精幫舌頭消毒。

「輪到我了。」卡蜜拉挺起胸膛，把深色頭髮甩到背後。

「哪是輪到妳？」傑斯抗議，「我剛剛不得不——」

「坐看別人用噁心的舌頭舔我皮包的人，是我。」傑斯露出受傷的表情，「所以當然輪到我。」

她用紅色尖指甲指著我，「問題。」我想大家應該沒興趣看我光屁股了，最近真心話大冒險遊戲，我的朋友都要我回答真心話。我想他們是希望遲早會有問題讓我難堪，不過目前為止還沒發生。「描述你第一次和女生裸體在一起的情況，要鉅細靡遺。」

「好。」我說，「是在我幼兒園的時候。」

「不行，如果是和你媽一起洗澡，那不算數。」

「不是，我要說的這件事算數，是和性有關。」

「你好噁。」

「反正就是算數。所以呢，好，她叫夏洛特。」

「夏洛特．金？」艾莉森問。

「對。」

「我和她加入同一個女童軍團。」娜塔莉說。

「不要扯開話題好嗎？」卡蜜拉眼露凶光，大家安靜。

「好。」我說，「當時只有夏洛特和我要從幼兒園坐校車去安親班，我們坐在最後一排，司機看不見我們。我們玩一個遊戲，可以要求看對方某個身體部位，我要求看她『下面』，她要求看我的腳。」

每個人大笑，於是我解釋這是很嚴重的問題。我當時不太會綁鞋帶，因為以前我的協調能力不太好，所以要我把鞋子和襪子脫掉再穿上是很累人的事，我甚至覺得為了看她「下面」，不值得我做這些麻煩事。

「我的天啊。」查理咯咯笑，「我敢打賭，她到現在都還有腳癖，她一定是那種喜歡舔人家腳趾頭的女生。」

「這樣不算。」卡蜜拉生氣地說，但我對她氣嘟嘟的表情無感。

「我曾經收過一封簡訊。」我說，但查理陰沉地看著我，示意我閉嘴，然後大家紛紛說我的故事不算數。「反正我能說的就這麼多了。」基本上我對整個客廳的人說出最初的性經驗，卻換來一片沉默。

「那麼凱莉呢？」小翠問，藍色眼睛突然緊盯著我。

凱莉是另一位和我有親密關係後，立刻搬離鎮上的女孩。「我們沒到那種程度。」

「可是她拿掉了童真戒指。」

高二的時候，凱莉和我脫掉上衣打得火熱，我隔著內衣摸了她的胸部，她卻覺得相當羞愧，甚至把童真戒指拿掉，說自己已經不配戴了。如果你因為過度好奇，而捏了女生的乳頭，你絕對不想看她因為罪惡感而頻頻作嘔。

「我已經回答問題了。」畢竟凱莉的祕密不該由我說出口，「現在輪到我了。」我對查理狡猾一笑，他畏縮。

「喔，天啊。」

***

我走向自己的車子準備回家時已經是半夜兩點。「可以搭便車嗎？」卡蜜拉呼喊。我轉身，她的雙眼在黑暗中像獵豹一樣發光。

「麥特呢？」

她的四吋高跟鞋在長長的車道上喀喀作響，曲線分明的身材隨之晃動。

「他丟下我先走了。」她又露出氣嘟嘟的表情，我反而同情她的弟弟。

「好啊，沒問題。」我們坐進車子裡，我看著後照鏡。「可惡，被擋住了，我去叫夏恩來移車。」

「等等。」她抓住我的手臂。

「怎麼了？」她的嘴唇突然貼上來，手指纏繞我的頭髮，拉扯。「噢。」

不知為何，她聽到我叫了一聲，反而又拉了我的頭髮一下，吻得更用力了。雖然我一點也不訝異她的吻會這麼有侵略性，但與其說是火辣——一開始是滿火辣的啦——不如說痛苦的成分居多。過了幾分鐘被她用指甲抓、咬嘴唇的時光，我們兩人都氣喘吁吁。

「亞當？」她的尖指甲往下移動到我的褲子拉鍊，「我不想看你的腳。」

〈29〉亞當

星期一，學校裡的女生行為怪異，就連像媽媽一樣溫柔、平常會避開衝突的艾莉森都怪怪的。卡蜜拉和小翠不肯看我一眼，其他女生像是看到惡魔一樣瞪我，現在是怎樣？

「各位女士，妳們要彼此對立多久？」我問。整張餐桌的人都沉默不語。「把心裡的話全都說出來比較好，開誠布公，不是嗎？」

卡蜜拉一直看著那些在我脖子上留下抓痕的尖指甲。

小翠的顴骨上冒出紅斑，「卡蜜拉知道自己做了什麼好事。」她用冷冰冰的眼神看著卡蜜拉。

「喔，天啊，」卡蜜拉發出噓聲，「我已經道歉一千次了。我當時喝醉了！況且，他不是妳的財產。」

每個人都屏住呼吸，小翠像是終於站上證人席的重要證人，大家都在等她回應。

至少現在我明白了。「所以是關於布萊特的事。」我嘆氣，「妳們不能讓一個男生毀了友誼，女生要團結，不是嗎？」我這段話大概說錯了，因為這下每個人都把我當瘋子一樣看著我。

「不是……」小翠開口，大家往前傾，氣氛緊張又充滿期待。「沒事。」她以優雅的姿態收拾東西後離開。

***

「朱利安，我一定要和你說一件事。」我和他繞路前往薇洛克醫生的辦公室，邊爬著樓梯邊說道，「女生都是瘋子。」

他一臉疑惑地看著我。

「真的。我是女人養大的，對吧？我媽灌輸我女性主義觀念，但是現在我明白真相：女生都瘋了。」

「發生什麼事了嗎？」

「她們都不跟我說話！其中一半女生不跟彼此說話，然後小翠不跟所有人說話。我們星期四要去美術館戶外教學，這下可有趣了。」

「你們那一年級的女生不喜歡你嗎？」他用相當同情的目光看我，害我好想笑，「我們這一年級的女生很喜歡你。」他立刻又說，顯然是想讓我開心。「她們常常聊起你。」

「真的嗎？」

「對，她們會聊你的，嗯……」他尷尬地低頭。

「我的什麼？」

「呃……」

「天啊，朱利安，到底是什麼？」

「你的嘴唇。」

「喔，和我猜的完全不同。」

「我根本不曉得男生的嘴唇也能很好看，你並沒有擦護唇膏。」

我不曉得該怎麼回應。「她們就只是瘋了。」我重複一遍。

「比查理還瘋狂嗎？」

他說得有理。「好，兩者是不一樣的瘋狂。查理是脾氣暴躁，大家可以預料，可是我完全不懂那些女生。今天應該每個人都很開心才對，畢竟我們一些人收到了信，可是大家卻……我真是無法理解。」

「信？」

「對啊，大學錄取通知。其實沒什麼大不了的，我們都知道自己一定會被錄取，不過還是開心。」

「哪一間大學？」

「瑞斯里大學，離這邊一小時車程。」他似乎沒有特別驚豔，「我知道不是頂尖大學，可是我並不想離家太遠。我媽住在這裡，我所有朋友都要去讀那間大學，所以囉。」

「你會住在家嗎？」

「不，會住宿舍，這是大學體驗的一部分，不是嗎？你呢？」

「我？」

「你想讀哪間大學呢？」

「我不會去讀大學。」

「為什麼？」

「我的成績不好。」

「不是每個讀大學的人都有耀眼成績。」

「你就有。」

「問題是你想讀嗎？」

「有那麼重要嗎？」

他的問題嚇到我了。「你的意願重不重要？當然很重要。」

我們往回走，下樓梯，然後走進庭院。氣溫很低，我跳著讓身體暖一點，朱利安則倚在磚牆上。

「離開這裡，」他說，「應該會滿好玩的。小時候我一直想要……」

我等他把話說完，不過朱利安這個人有時候你可以等待，有時你得推他一把。「什麼？」

「冒險。」他一副小心翼翼的模樣，好像以為我會笑他。

「嗯，我完全懂。」我熱切點頭，好讓他繼續說下去。

「我真的很喜歡那些主角去新地方探險的電影或書。小時候我從沒想過以後要怎麼做，只知道自己一定會環遊世界，可是長大一點你就會明白，願望不一定會實現。你想去的地方很多，不代表你真的可以去。」他深呼吸，「小時候……在我們家後院……」

「怎麼樣？」

「我們家後院有一片森林，是竹林，我會假裝……我會假裝自己是探險家。」他又像手臂斷掉似的，抓住自己瘦弱的二頭肌，「我想念我家。」

有時朱利安的話會重擊你的胸口，真希望我能買下他的家送給他，不過即使這樣還是很難過，因為裡面空蕩蕩的，我也希望能改變這一點，如果有倒轉時光的能力就好了。

「我們應該去看看。」我衝動提議。如果我是他會想這樣做，不過也許會像走在墓園一樣，非常心痛。

「我平常都會去。」

「真的嗎？你認識現在住在裡頭的人嗎？」

「不認識。我的意思是……我不會進去屋裡，也不會做什麼。」

我想像朱利安站在他以前和父母住的房子外頭，只是看著，從沒有進屋去，而且……天啊。

「我們應該去自我介紹，我敢說他們會讓你進去看看。」

「我不知道……」

「你這是害羞，還是你真的不想進去？如果真的不想，我就不會再提。」

他盯著地面。

「怎樣？」

「害羞。」

「所以你想進去嗎？」

「想。」

「那我們就去。」

〈30〉朱利安

「這裡轉彎。」我對亞當說。

「好。」

我有些心不在焉地觸摸車子的儀表板，「這個看起來好像機器人的臉。」

他咯咯笑，「對啊。」

「在停止標誌右轉，左邊第三間就是了。」

「綠色那間？」

「對。」

亞當跳下車，我也慢慢跟上去。

這是我家，我**真正的**家。大部分看起來和從前一樣，不過還是有一些不同，例如不一樣的信箱、門上的花圈、紅色窗簾。

我們走在通往大門的步道上，走到一半我停下腳步。「也許我們應該……」

「怎樣？」

「離開。」

「你真的想離開嗎？如果真的想就走吧。」

我不知道自己想要什麼。

亞當有些煩躁不安地站在那裡，接著一位綁著馬尾的金髮女生開門，「有什麼事嗎？」她問。

亞當轉身，「布蘭妮！」他認識她，他們擁抱，她對他說目前大學休學一年，有空兩人可以一起出去。她好奇地看著我，「喔，這位是我朋友。」亞當說，「他以前住在這裡，我們可以進去參觀嗎？」

她說：「當然可以。」好像這個要求一點也不奇怪。

亞當回頭看我，等待我跨過門檻。

玄關的地方應該有花，香氣強烈到讓人受不了的花，但現在卻是胡椒香料的味道，讓你流淚的那種食物味道。我腳下應該有綠色地毯，但現在不見了，取而代之的是紅棕色磁磚。兩步遠的地方原本放著我媽的鋼琴，鋼琴上擺著我爸的畫，現在也不見了，一切都沒了。

我沒對亞當或那個女孩說話，直接穿過以前的客廳，來到後院。我深呼吸，眨眼忍住淚水。這是我的院子，我真正的院子，雖然和我記憶中的相似，但依舊不同。這個院子較小，籬笆好像往內縮了。竹林也不再是竹林，只是十幾根蠟質綠莖，大部分和我一樣高，我記得以前會在裡頭迷路。

我沿著籬笆走，小時候有段時間我認為自己可以扭轉時間，還可以讓湯匙彎曲，我試圖喚回那時的感受。我觸摸綠莖上的紅色穀物，腦中依稀記得以前好像也這樣做過。

我在角落一塊三角形花圃前愣住，現在是冬季，所以沒有花，不過依舊像以前一樣四周疊著紅磚。我跪在草地上，用手指按壓冰冷泥土。

我記得。

星期六，我在早晨特殊的氣味，以及最純粹的喜悅中早早起床，抓了一把園藝鏟子，迫不及待地跑到戶外，來到這個位置。我的指尖有黑色泥土，陽光和空氣爬上我的肌膚和衣服。我記得自己轉頭，看見媽媽依舊穿著睡衣，站在後陽臺，用手遮著眼睛擋住陽光。

「你還好嗎？」我們開車離開時，亞當問。

我其實不想說話，而且我也希望他不要說話，我正試著回想更多記憶。接下來呢？她有離開後陽臺嗎？她有說什麼嗎？那一天我們做了什麼？

然而剩下的記憶沒有浮現，我只回想起那一刻，她站在後陽臺，而我跪在草地上，感受到一股我已經遺忘的喜悅。

「很好。」後來我這樣回答，「亞當，謝謝你。」儘管這句話不足以表達，我依舊說了。

〈31〉亞當

整趟路程都好安靜，無聊至極。一抵達美術館，所有人朝四面八方散開，我只能自己一個人閒晃，同樣無聊至極。一位年長警衛對我大吼，叫我不要大聲跺腳，基本上這趟戶外教學真是爛透了。

我向年長警衛解釋，我不是在跺腳，只是我的雙腿死氣沉沉，所以我在喚醒它們。結果我們反而聊了起來，他的名字叫葛斯，有四個孩子，九個孫子。他帶我去看不對外公開的私人劍收藏，好吧，也許這趟行程開始好轉了。

後來我看見查理，便與葛斯道別，接著說服查理到戶外去，尋找老師提到的迷宮；與法國八百年歷史的沙特爾大教堂[13]裡的迷宮相同設計，是現存最精密的迷宮。

查理和我走了二十分鐘，抵達目的地。「好爛喔。」他說。

我有同感，這個迷宮有點讓我失望。我本來期待會像電影《鬼店》[14]裡的高聳綠色圍籬構成的複雜迷宮，有許多可以躲藏的角落，然而這個卻看起來像麥田圈，只是一個用紅色和黑色石磚擺成的漩渦，一路往中央繞去。

「這根本不是迷宮。」他抱怨，「只是一條單行道。」他說得對，這裡沒有別條路徑可以選擇，只是單行道。他繞著走了一分鐘，便大叫：「蠢死了！」然後他跨過線條。

「作弊！」

---

13 Chartres Cathedral，位於巴黎的哥德式建築教堂。建於一一四五年，已被列為世界文化遺產。

14 The Shining，史蒂芬・金同名小說改編的電影。

「我才不在乎，我要回去室內，外面冷死了。」

我不理會他，繼續走著迷宮，但實在不曉得我離中央還有多遠。每次我覺得自己靠近中央了，路徑卻又把我帶遠。

我聽見身後有輕輕的腳步聲，於是轉頭看，是小翠，她沒有看我，逕自昂首闊步走著。也許這就是我一直迷戀她的原因，她總是如此矜持，而我卻好像從每個毛細孔噴發精力。

我們兩個沿著迷宮線條繞進繞出，有一刻她只和我相隔一條線，但我們依舊沒有交談。

雖然花了一點時間，我終究抵達終點。我站在中央，望著廣闊的田地和霧茫茫的天空。小翠抵達中央後，四處張望，眼睛有一瞬間露出勝利的光芒，但隨即又變成傷心的表情。那個布萊特真是笨蛋。

她轉身開始往回走。

「等一下。」我說，「不要那麼快離開。」她停下來，「我有好一陣子沒看到妳。我是說，我有看到妳，但是我們沒有聊天，感覺就像爸媽離婚，我們被分到不同家庭。」

「那麼你要選哪一邊？」她問。

「什麼意思？」

「如果這是離婚，我猜你會選卡蜜拉那一邊。」

「妳為什麼這樣說？」

「我知道你們做了什麼事，亞當，我看見了。」

「妳看見我們接吻？」

「應該不只接吻。」原本確實會繼續發展下去，但卡蜜拉的手往我褲襠伸去不到五秒鐘，就吐在我的車上。「你們兩個在交往嗎？」

「沒有。」

「可是你喜歡和她接吻？」她的語氣很緊繃，儘管她沒有移動腳步，我還是有被她逼到懸崖邊的感覺。

「嗯，對啊，我當然喜歡。妳為什麼——」

「她明明知道我喜歡你！」小翠從沒有情緒失控過，現在卻站在這裡，吼到都有回音了。

「等等，妳說什麼？」

「卡蜜拉知道，卻親了你。」

「可是妳和布萊特在交往。」

「我的天啊，你什麼都不懂！」她轉身，我走到她面前和她面對面。

「我不懂什麼？」

「根本沒有布萊特這個人。」

「沒有布萊特這個人？」

「對。」

「可是妳說了那麼多布萊特的事情，我甚至覺得自己和他很熟。」

「沒有布萊特這個人！」她的眼睛泛淚，胸膛劇烈起伏，臉頰浮現紅斑，這是我看過她情緒最激動的一刻。

「妳為什麼不坦白告訴我？」

「實在太丟臉了。」

「丟臉什麼？」

「我一直想讓你妒忌，但是你連一般男生會有的感覺都沒有。」

「等等……卡蜜拉知道沒有布萊特這個人嗎？」

「大家都知道沒有布萊特這個人！你可以專心一點嗎？」

「所以妳喜歡我？」

她盯著地面，「對。」

「真的喜歡我？」

她臉上的紅斑從臉頰蔓延到脖子，顏色深到我幾乎快要看不見她的痣。「對。」

「從……」

「一直都是，一直都喜歡你。」她和我四目相接。她好美，我的胸膛像是氣喘發作或是心臟病發一樣痛。

我把嘴唇貼上她的，她完美的藍色眼睛睜大，非常驚訝。她也加強力道把嘴唇貼緊，動作不流暢，有些笨拙。我們就這樣維持了一會兒。兩人胡亂親著，彷彿不是為了樂趣，而是在求生。

接著我慢慢由上而下撫摸她的頭髮，我們的吻變得柔和沉穩。她稍微退開，我們停止接吻。她的眼神深邃，直視著我，彷彿要告訴我有史以來最重要的事。她吸氣，吐氣，但沒有說話。

我用雙手捧著她的臉，再次親吻她。真希望現在有高聳的綠色圍籬擋住我們，有許多角落可以躲藏，但這次是為了不同的理由。我們繼續親吻，我感覺得到她的笑容。

〈32〉朱利安

威絲特老師安靜坐在桌前，空洞的眼睛盯著前方。我看得出來她很沮喪，但同時也鬆了一口氣，因為我今天應該不會被點到名。

幾個男生開始竊竊私語，問彼此敢不敢去問她今天的課堂作業，但誰也不敢真的去問。幾分鐘過後，另一位男生問他可不可以去保健室，她超級凶地拒絕他，從此再也沒人敢嘗試。除了這個插曲，整堂課都非常安靜，威絲特老師一直盯著前方。

下課鈴聲終於響起，大家都離開後，我走到她的桌旁，心跳得好快。「威絲特老師？」

「怎樣？」近看她更加恐怖了，眼睛發光，皮膚像蠟一樣。「怎樣？」她重複一遍。

「妳……妳還好嗎？」

她挑起墨黑色眉毛，下巴顫抖。

然後她開始哭，我不知所措，也怕多說什麼會害她再次對我吼叫。

「今天是我兒子的生日。」她說。

我立刻明白了，「對不起。」

「他當時十二歲，只有十二歲。」

她此刻看起來沒那麼蒼老，但更加虛弱，我不曉得該說什麼才好。我的爸爸從沒有真正提過人死後的情況，我依稀記得他說過靈魂會到別的地方去。有時候我會猜想，爸媽的生命是否沒有停止，依舊繼續閱讀、畫畫、唱歌，只不過是在**別的地方**做這些事。

我從她桌上的面紙盒抽出一張遞給她。

她擦掉眼淚，眼睛下面的妝花了。

牆上的時鐘滴答作響，鐘聲響起，但沒有學生急忙跑進這間教室。

「大家都以為時間會沖淡一切。」她說，「已經十八年了，我還記得懷孕的情況，他今年應該要三十歲了，你相信嗎？三十歲！」

媽媽曾經說過，這顆星球就像一個巨大的子宮，我們每個人都是胎兒。死亡沒什麼好怕的，只不過是誕生到另一個世界，那裡會有人在等待我們。有時我會試著這樣想，爸媽只是手牽手，誕生到另一個世界去，他們在那裡重新開始。

「他們……他很好。」我說，「我想他過得很好。」

「是啊。」她點頭，再次擦掉眼淚。「一切都是命中注定。我們每個人在世上都有使命，完成使命前不會死亡。雖然我無法理解，但他已經完成他的使命。」

我以前聽過這種說法，但我還是想問她這是什麼意思。是什麼樣的使命？她怎麼如此確定他已經完成了？她怎麼知道他不是進行到一半就死掉了？

威絲特老師現在已經差不多恢復平靜，她並沒有說自己知不知道兒子現在在哪裡，這是我最想不通的事，不是他們為何離去，而是去了**哪裡**。有幾個失眠的夜晚，我試著想些正面的事，我會幻想世界與世界之間有個神奇地方，也就是艾利安的船消失又再次出現前，會去的地方。在那短暫時間裡，也許時間慢了下來，他能看見所有隱形的地方，說不定有時候會見到**他們**。

〈33〉亞當

我像是臉壞掉一樣不停傻笑，沒辦法停止。小翠和我變成了放閃情侶，會在公眾場合接吻，不停凝視對方，身旁的人紛紛想吐或是想自殺；這是查理的說詞。昨天他在學校裡叫我去吃藥，冷靜一下，但我沒辦法，我就是辦不到，我很快樂，沒道理假裝不快樂。

不過今天下午我會盡量不去惹毛他。我一踏進他家，立刻被要求站在一塊防止沾到太空酸劑的岩石上（其實只是一顆抱枕）等待。他的弟弟妹妹今天扮演的是在快毀滅的星球上掙扎求生的外星人，樓上是安全區域，但由於地面都是酸劑，所以上樓的路程很危險。大部分孩子已經失去一隻手或一隻腿，把坐墊當作救生艇，滑來滑去。

我和他們玩了幾分鐘，查理用力踩著步伐下樓，無視那些孩子警告他鞋子會融化、他會死掉。

我們跳上車，我一直在克制自己的笑容。幾分鐘後查理問：「你為什麼轉這邊？」

「我要去接朱利安。」

「什麼?!」他像自己的妹妹一樣大聲尖叫，「他這次又要跟？」

「他不是又要跟，是我邀請他的。」

「我並沒有帶卡弗一起來。」

「卡弗才十一歲。」

「我不懂，朱利安很怪。他不說話，就只是盯著大家看！非常恐怖。」

「朱利安才不恐怖，他是我見過最友善的人。」

查理深深嘆息，「過去兩週你和小翠形影不離，現在你又要帶朱利安一起去，我們兩個都沒有麻吉時光了。」

有一瞬間我因為太震驚所以反應不過來，接著我大笑，但這是此刻最糟的反應，我想他可能真的會朝我的臉揍一拳。我冷靜下來後，說：「抱歉，你說得完全沒錯，我們需要找一晚只有兩個人出去玩。」他一臉懷疑，「我是說真的，寶貝，你來挑餐廳，之後……」我故意挑了幾次眉毛，查理果真朝我的手臂痛揍一拳，「噢、噢、噢。」

車子開到朱利安住的那條街時，他已經站在街角，躲在一顆樹下等待，「你看，」查理說，「超詭異的。」

是有一點詭異，但我並不想附和他。「他只是有禮貌，你也可以這樣做，不要讓我每次都進去你家帶你出來。」

查理一臉受傷的表情，「我以為你喜歡進來我家。」

「我是開玩笑的，天啊。」不過說真的，就連小翠也沒讓我到前門去迎接她。

朱利安往車子走過來，但笑容迅速消失。我跟隨他的視線，看見查理凶巴巴地瞪著他，那是會把所有高一新生變成瑟縮老鼠的目光。我用手背拍了拍他厚實的肩膀，但他眼神流露出的威脅幾乎沒有減少。

朱利安

我們排隊等候玩雷射槍時查理不停瞪著我，我想他會這麼生氣，是因為亞當又幫我付錢了，而且是一大筆錢：二十塊美金。

我們快到隊伍前面時，工作人員告訴我們，紅隊只剩兩個名額，我們其中一個得去藍隊，否則就要再等下一局，大概四十分鐘。

「今天我和朱利安同一隊可以嗎？」亞當說。

「隨便。」查理一臉憤怒地回答。

我們進入一間滿是遊戲裝備、看起來像更衣室的房間，每個人開始迅速著裝。我從鉤子上拿起紅色裝備，學其他人穿過頭，這個裝備看起來像橄欖球員的保護墊，只不過多了用電線連接的步槍。我旁邊有位先生蹲在一個開心笑著的男孩面前，幫他穿好裝備。

紅髮的工作人員大聲喊：「注意！」每個人安靜聽他講解規則，「不能有肢體接觸！不能坐或躺在場上！每次射中對手的殺戮區就得十分……」他拍著自己的頭和胸膛，「射中對方基地的標誌得一百分！看見槍開始閃爍，表示彈藥沒了！要回去你的基地填充！只要中彈，就必須回去基地充電！大家都準備好了嗎？」

玩家紛紛歡呼，把步槍舉在空中。

「規則你都聽懂了嗎？」亞當問我，查理喃喃說著保母什麼的。

「大概吧。」我說，但是要記的東西太多，而且我從沒玩過，所以我的成績應該會很差。

工作人員先讓藍隊進入場上，接著我們十位紅隊隊員聚集在狹窄的通道，牆壁和地板全是一片漆黑，只有夜光貼紙發出光線。亞當的指甲和牙齒都在發光，我伸出手，我的指甲也在發光。

鈴聲響起，頭上的擴音器傳來機械般的聲音：「遊戲倒數三、二、一！」

亞當超快速離開基地。

其他人比較謹慎，陸續離開，最後只剩我一個人站在基地。我不想離開，但自己在這裡等待也很恐怖。亞當突然跳回這個小空間，嚇我一跳。

「來啊！」他下令，我跟隨他走到漆黑的通道，他動作迅速，充滿自信，肯定非常了解這座迷宮。「蹲下！」有人對我們開槍。

我們蹲著進入另一條通道，背始終貼著黑牆，我的心跳加快。

「我們必須到他們的基地去。」亞當超級嚴肅，我笑了起來，一瞬間氣氛變得既可怕又好玩，就像以前爸爸和我在黑暗中玩捉迷藏一樣。

亞當對我露出發光的牙齒，「準備好了嗎？」

我點頭。

他一跳出去，藍隊一位小女孩便朝他開槍，他胸前的面板發出嗶嗶聲。「可惡！要去充電了。」他消失不見。

我獨自站在原地好一會兒，然後低身進入一條狹窄通道。我沒看見其他人，但是他們肯定就在附近。現在只有我一個人，我的心臟跳得更快了。

亞當在哪裡？

我躡手躡腳走過一條又一條通道，最後站在一個閃著藍光的標誌前面，我盯著看了幾秒鐘，然後舉槍瞄準，發射，打中的時候我自己都嚇了一跳。

身後傳來機械槍響，我低身悄悄走過通道。我想找到自己的基地，可是每條通道看起來都一樣，而且漸漸充滿白霧，幾乎伸手不見五指。我心裡逐漸產生一股看不見的恐懼，彷彿有人就在我旁邊，但因為我看不見，所以無法逃跑。

我僵在原地，等待霧散去。

那一刻來臨時，我前方出現一個身影。查理。他巨大的身軀穿戴著冰藍色頭盔和裝備，有一度我們誰也沒有移動，接著他慢慢舉起步槍，對著我的頭發射。

〈34〉亞當

我回到家時，媽媽正對著電視吼出答案，她喜歡表現出自己比《家庭大對抗》[15]的參賽者更厲害。她一看見我，便微笑拿出四子棋，拍拍她身旁的座位。

「你這幾天很忙喔。」我坐下後她說道。我非常確定這是她想挖出小翠的事情的手段，所以我故意不帶情緒地說：「對啊。」她似乎發現這個話題不能聊，於是轉而問我朱利安的近況。

「很好，上個星期六他在雷射槍比賽大展身手。」聽到這個她笑了，「不過幾週前他病得很重，我的意思是，他常常生病，不過我倒是沒看過他實際病懨懨的模樣。」

「你怎麼都沒提過！他到底怎麼了？」

「不要擔心。」我說，不過看來太遲了，「他只是常常感冒而已。」

她跳起來，放棄看完決賽，這對她來說可不簡單。她開始在裝滿順勢療法藥水的櫃子裡快速翻找，「這些拿去給他。」

「好，星期一我拿去學校給他。」

「你應該知道不能帶這種東西去學校吧。」

沒錯，拿著裝滿液體的棕色小瓶子在學校晃來晃去，老師會起疑。「好吧，我差不多要去接小翠了，我們可以先繞去他家。」

15 Family Feud，美國知名長壽的益智節目。

「等等，你又要出門？你才剛到家耶。」

「我剛才是和麥特、喬、艾瑞克還有其他男生出去，小翠一整天都在念書，我們今天還沒約會。」她顯然相當失望，於是我說，「妳怎麼不打給丹妮絲？」

「今天是星期六。」

「所以？」

「所以我非常確定她已經和她老公安排了活動。」媽媽口氣生硬，「沒關係，真的。」她把藥水裝進紙袋裡，交給我。

「謝了。」我親吻她的臉頰後才離開。

＊＊＊

我正準備敲朱利安家的大門，門卻打開了，一位穿著西裝的男人站在那裡，他很高大，基本上和查理一樣高，但是更魁梧。他的黑色眼睛透露出不耐煩，我似乎打擾到他了。

「嗨。」我說，「請問朱利安在家嗎？」

「你是？」他說話像主播一樣，聲音低沉，語氣沒有高低起伏。

「喔，抱歉，你一定是朱利安的姨丈，我是亞當。」

我等了一下，以為他會邀請我進去，畢竟外面冷得要命，但他卻反而往前一步，寬闊的肩膀擋住整扇門。

「我只是想拿這個給他。」我舉起紙袋。

他拿過去，往裡頭看一眼，「這是什麼？」

「葉綠素和黃耆的藥水，全是天然的藥劑，治療感冒很有效。我那天順道過來的時候，他臉色看起來不太好，既然他常常生病——」

「你順道過來？」

他的語氣讓我笑容僵住。我想起朱利安說過，他姨丈不喜歡有人來家裡，這下我可能害到他了。「對，不過我很快就離開了。他沒去上學，所以我來探視他。」

「你和朱利安上同一間學校？」

「對。」

「你們同年級？」他瞇著眼，懷疑地盯著我，我懂，我看起來的確不像高中一年級。

「不是，我四年級。」

「四年級。」

「對，沒錯，先生。」

「而你卻和朱利安混在一起。」

「對。」

「亞當，是嗎？」我點頭，「亞當，希望你明白，我不希望朱利安和錯誤的人混在一起。」

我完全不曉得該怎麼回應。我非常確定，我長到這麼大，還沒有人把我視為錯誤的人。「呃，如果你是擔心我會害他惹上麻煩，我不會的，我也沒有在嗑藥。」我指著紙袋。

「我只是想弄清楚，為何你這個年紀的人，會和朱利安那個年紀的人混在一起。」一股不舒服的感覺開始沿著我的脊椎往下竄，「你對他有什麼興趣？」

「興趣？我們是朋友。」

「是啊，我看得出來你為什麼想和朱利安這樣的人當朋友。」他微笑，露出一排小白牙，不過他的語氣很怪，好像是在調侃我。

「我為什麼不會想和朱利安當朋友？」

「他需要的是同年紀的朋友，而你也是。」他把紙袋往我的胸膛推，當著我的面把門關上。

＊＊＊

「亞當，世上不會每個人都喜歡你。」我回到溫暖的車上，把事情經過告訴小翠後，她說道。

「他不只是不喜歡我，他好像在指控我猥褻他的姪子。」

「他這樣說嗎？」

「他沒有真的這樣說，但是有暗示。」

「他是怎麼說的？」

「重點不是他說了什麼，而是他給我的感覺，就像動物的影片，鹿還沒看見獵食者就已經豎起耳朵，牠們就是覺得不對勁。」

小翠咯咯笑。

「我是說真的。而且他也沒請我進去坐坐，好像把我當吸血鬼或是邪教徒一樣。」

「說不定屋子裡很亂。」

「我不認為，妳應該去看看那個家。」

車子開到小翠家，她遲遲沒下車，手指彈弄著機器人臉的通風口，暖氣上下吹著她的臉頰。「我媽今天又去羅斯提家過夜了。」

「所以呢？」

「她已經去了快一星期。」

「我無法想像我媽一星期不在身邊，」我笑了，「我不認為她那麼信任我。」

「你要不要在我家過夜？」她突然提議。

「呃……」

「我不是要你做你正在想的那件事。」

「我沒在想什麼。」

她挑起完美的眉毛。

一個小時後，她洗完澡走出來，身上穿著維多利亞時代少女會穿的白色棉質長睡袍，這件睡袍稱不上性感，卻讓我有點按捺不住，溼溼的布料透出她腹部和大腿的肌膚，她的頭髮還沒乾，隨意披在肩上，非常火辣。

她爬上床，來到我旁邊，把頭靠在我胸膛上。「真高興你能陪我。」她說。

「我也很高興。」我傾身親吻她眼睛下方那顆痣。

「這裡晚上太安靜了。」

我親吻她臉頰上的痣。

「我不喜歡太安靜。」

我親吻她肩膀上的痣。

「亞當？」

「什麼事？」

「我愛你。」

我彷彿吸不到空氣，而且有心臟病發的感覺。「我也愛妳。」

〈35〉朱利安

羅素站在我房裡，他在微笑，但氣氛不太對勁，我感覺得到。「你去哪裡了？」他問。

「圖書館。」

「圖書館。」他拿起我忘記放回行李箱、封面破舊的《水手艾利安》，「去那邊看這種東西嗎？」

我點頭，他笑了，「你知道剛才誰來過嗎？」

「不知道。」

「亞當。」

我覺得很不舒服，彷彿此刻我不是站著，而是在一輛高速行駛的車內。

「他說他之前來過，他有進來。」他笑得很開，但像小丑一樣虛假，那是覆蓋在冷笑上的假笑。

「我……我有要他離開。」

「你是說他強行進來？」羅素從口袋拿出手機，「我應該報警嗎？」

我慢慢搖頭。

「所以是你讓他進來的。」

我撥弄著袖子邊緣。

「回答我。」

我點頭，他喉嚨上的粗血管跳動著，「你對他說了什麼？」

「對他說？」

「不要重複我的話。」

「你是指？」

「你在家的原因。」

「沒說什麼。」

「是嗎？什麼都沒說？」

「我說我生病了。」

「我對你定了太多規矩嗎？」

「沒有。」

「也許我有。」他一手摸著下巴，彷彿在認真思考。「要你記住事情不太容易，我知道。」他輕笑一聲，「但看來你也沒有忘記，不是嗎？你要他離開，代表你知道他不能進來，不是嗎？」

「我不知道。」

「你不知道。」他重複一次，臉上依舊帶著詭異的笑容。

「我不知道。」

突然眼前一陣模糊，腦袋空白了片刻，接著激烈的痛楚讓我大口喘氣。我倒在地上，顴骨抽痛著，腹部起伏。我翻身，用雙手撐起身體。

羅素站在我上方，手上拿著我的海螺。他從來沒有打過我的臉，從來沒有。眼前又是一陣模糊，這次海螺在我嘴裡碎裂，嘴唇被牙齒劃破，我側身倒地。我驚訝地抓住自己的臉，看著血從緊閉的指縫流出。

我抬頭看他，羅素的表情更加憤怒了，全身像不穩定的分子一樣重複擴張又縮小。

他把海螺舉高。

我用雙臂擋住頭。

撞擊碎裂聲傳來。

我從手臂底下偷看，看見牆壁上的凹洞和我的海螺在地上碎成好幾片，然而在聽見羅素大聲踏步離開我的房間前；在聽見他發動車子開出去之前，我都不敢移動身體。

＊＊＊

我不確定現在幾點了，也不曉得我在這裡站了多久，我只知道我的頭髮溼了，雙腿麻痺，每次吸入冷空氣都讓我的鼻子和肺灼痛。我跨騎在腳踏車上，待在我真正的家對街，但我並沒有在看那間房子。房子確實在那裡，可是在我眼裡失焦，呈現一片霧茫茫的綠色。

大部分時間我只是盯著自己冒出霧氣的呼吸。如果我的呼吸是一張清單的話，上面只有一串數字，一、二、三，一張證明我活著的清單。

那輛車慢慢開過來，停下的時候，我還在數著呼吸，幾乎沒注意到。我站在陰暗處的這段時間，有很多輛車子開過去。接著我聽見我的名字，我咳了一聲，冒出溼溼的霧氣。

「朱利安？」那個聲音又喊了一次，語氣充滿擔憂，接著車門甩上，亞當站在我面前。

我還來不及問他為什麼在這裡，他先開口：「布蘭妮打給我，你在這裡做什麼？」

光線太暗看不清他的臉，但我聽得出他語氣裡的擔憂，「天啊，朱利安，外面很冷，你在這裡待多久了？」

如果時間是以呼吸次數計算的話，我就可以回答，因為每一次呼吸我都數過了。他又用精明的眼神盯著我一會兒，然後挺直身體，彷彿做了決定。「來，」他說，「我們走。」

他打開副駕駛座的門，車裡的光線照在我們兩個身上。「天啊，」他驚呼一聲，「你怎麼了？」他的視線從我的臉移動到我的T恤，我也跟著他的視線看見衣服上的血。「發生了什麼事？」他又問了一次，但我依舊盯著胸前暗紅色的血滴。

亞當像是犯人要證明自己沒有拿武器似地舉起雙手，然後小心翼翼慢慢觸碰我的肩膀，把我帶離腳踏車，坐上汽車。我伸展冰冷的手指，這才明白站在那裡的期間，我的手一直緊握著腳踏車握把。

亞當和平常一樣動作迅速，把我的腳踏車扔進後車箱，然後跳上車。他幫我把安全帶拉過胸前，打開暖氣，機器人的嘴亮出一圈紅燈，像是驚恐的表情，亞當的表情也差不多。

我們沒有回去我家，也沒有去他家，他把車開上小翠家的車道。他像之前一樣幫我開車門，好像我無法自己開似的，然後他引領我進屋子裡。

小翠穿著睡衣，坐在客廳的椅子上。她跳起來，眼神充滿警戒，然後突然間她站在我面前，問了和亞當一樣的問題。

「發生了什麼事？」

我覺得自己好像站在一群穿著衣服的人面前，只有我全身赤裸，到處都有缺陷。亞當按著我的肩膀，輕壓我在沙發上坐下。他蹲下來看著我的臉，而我太羞愧，無法注視他的眼睛。

「是你姨丈幹的嗎？」

亞當的問題讓我措手不及。他為什麼會認為是羅素？其實還有很多種可能，也許我跌倒了，或是有人闖空門，或者在學校被人欺負。可是他的口氣聽起來很肯定，他認定就是羅素。

我下意識地點頭。

亞當跳起來，從口袋拿出手機，開始撥號。

我慌了。「你、你要打給誰？」

「警察。」

「不行，不可以！」我哀求。

「我要報警。」他臉上的肌肉全縮成一團，「那個王八蛋坐牢坐定了。」

「不行！」

「你說不行是什麼意思？」他吼著，「必須報警！」

他真的生氣了，我有點驚訝，我從來不曉得他也會生氣。

小翠依舊站著，一臉煩惱地來回看著亞當和我，接著她走向沙發，在我旁邊坐下，握著我的手說：「冷靜一點。」

我不確定她究竟是在對我還是對亞當說話，但我們兩個都沒有冷靜下來。我開始發抖，他看起來更生氣了。

他忽視小翠的話，逼問我：「為什麼？為什麼不要我報警？」

「因為我不要你報警。」這根本算不上理由，可是我不知道如何解釋。沒錯，羅素會情緒失控，但不代表我討厭他，光是想到他會去坐牢，我就覺得很痛苦。「你不曉得他為我付出了多少。」最後我這樣說，希望亞當也許能明白，但他應該沒辦法。他不曉得，被一位其實沒必要扶養你的人扶養是什麼滋味。「他不擅長和小孩子相處，也不喜歡家裡有小孩，但他還是讓我住在那裡，尤其是像我這樣的孩子。」

「像你這樣的孩子。」亞當用冰冷的語氣重複一遍。

「對，我不是……你也知道我的狀況。」

「什麼狀況？」

「你知道的，我很難相處，你明明知道！」

「他這樣對你說？」他臉部肌肉扭曲，彷彿不習慣皺眉。

「亞當……」小翠哄勸他，「既然他不希望你報警，你就不要這樣做，這件事應該由他決定。」

他盯著她好一會兒，然後轉身打開通往後院的門。他沒把門關上，逕自走出去，冷風吹進屋裡。過了一分鐘左右，他走回來，開始在客廳踱步。

「亞當，夠了，」她語氣尖銳地說，「你嚇到他了。」

他僵在原地，臉因愧疚而扭曲。他用雙手梳過頭髮，然後蹲在我面前，拍著我抖動的腿。「嘿，我不是在生你的氣。」

我點頭。我知道。

「但是我們必須報警。」

有很多事情亞當無法明白。他曾經告訴過我，他從沒見過自己的爸爸，所以他無法理解爸爸處理事情的方式大不相同。最重要的是，他無法理解無處可去的感受。然而我沒有試圖解釋，我只是說：「拜託不要。」

他深呼吸，「好吧，好吧。」

他起身走遠，我不曉得他還會不會回來。然後他再次出現，這次拿著溼毛巾蹲在我面前。他一手扶住我後腦杓，另一手輕輕用毛巾拍著我的嘴脣，溫熱的水從我下巴流下，我的眼睛因為淚水而刺痛。

「會痛嗎？」

我搖頭，眨眼，臉頰上滿是淚水。我感覺到小翠的手在我肩上畫著小圓圈，亞當繼續輕輕擦掉我臉上的血。

他們的動作都不會讓我痛，但我卻覺得胸膛中央有什麼東西被撕開，我身體的寒意開始瓦解，他們的動作都很輕柔，一切都很安靜，除了從肋骨下方某處爬上來的眼淚。我曾經因為痛苦而哭，也曾因為恐懼而哭，但這次的眼淚不同，是更深的原因，彷彿我快要崩潰。

我的哭聲理應讓他們遠離我，然而小翠的手依舊在我肩上，亞當的手也沒有離開，他花了很久的時間幫我擦臉。

最後眼淚流乾了，我的心空蕩蕩，不過是正向的，我覺得輕鬆多了。要不是小翠的手依舊在我身上，亞當的手依舊扶著我的頭，我也許會飄走。

我聽見自己抽抽噎噎、緩慢的呼吸，突然我的眼睛累到睜不開。我勉強看見亞當扶我站起來，帶我走向走廊，進入應該是小翠的房間。房間裡有女性的香味，和媽媽以前洗完澡的味道一樣，每個可以擺東西的地方都有陶瓷蝴蝶。

我搖搖晃晃，小翠指著床上沒有摺好的花柄棉被，要我坐下來。我坐下，模糊之間聽見亞當要我抬起雙手，我照做了，他把我的上衣從頭上拉起脫掉，幫我換上另一件乾淨溫暖的衣服。我好累，身體感覺到一股前所未有、深至細胞的疲憊。

我閉上雙眼，亞當和小翠其中一個扶我躺下來，另一個脫掉我的鞋子，其中一個又用冰枕敷我的臉頰，而我太累，真的太累了。他們其中一個幫我把棉被拉至下巴，我聞到更濃郁的媽媽香味。接著他們其中一個親吻我的額頭，而我在他們其中一個關掉電燈前睡著了。

亞當

「我不能不報警。」我們回到小翠閒人勿進的客廳後，我對她說。她握住我的手，拉我在沙發上坐下。

「他不希望你報警。」

「我不在乎他怎麼想。」

「亞當。」

「我是說真的，他的判斷不一定是正確的，那傢伙應該要離他遠一點。」

「人都會犯錯。」

「犯錯？」

「我只是想說，有時候父母會犯錯，不是每個人的家庭都很完美，你知道的。」

我們到底在說什麼？我們根本雞同鴨講。「朱利安的姨丈打他，他都流血了。」

「你有想過如果報警會怎麼樣嗎？也許他的姨丈會被關個幾天，然後呢？朱利安還是得回去和他一起生活，之後情況可能會更糟。」

我聽我媽說過好幾次受虐兒童的事情，也許小翠是對的，但我不管。我希望她說即使情況不會改變，我們依舊要試試看。「我就是不能什麼都不做。」我把手從她手中抽出。

「亞當……」她露出受傷的眼神，「別對我生氣。」

「我不是生妳的氣，」我真的不是，生氣只是浪費時間，「我只是不曉得該怎麼辦。」

我們沉默坐著，沒有觸碰對方，最後她說，「很晚了……你累了嗎？」

「嗯。」

她再次牽起我的手，我們走向她的房間。我們站在門口好一會兒，看著睡著的朱利安，冰枕依舊敷在他臉上。

突然他像是痛苦或是驚嚇一般尖叫。

我走過去觸碰他的肩膀，他安靜下來。等到他的呼吸再次變得平穩，小翠和我爬到棉被底下，睡在朱利安的兩旁。

第二部

〈36〉亞當

春假即將開始，我盯著時鐘，呃啊，還剩四十幾分鐘。一整天所有老師都無心上課，到了第七堂課，傅萊老師讓查理播放他從家裡帶來的DVD，內容講述一個有宿仇的男子，不停用開山刀砍人。我非常確定這不適合在學校播放，但傅萊老師根本沒從電腦前抬起頭來，所以我想應該無所謂。

「好無聊！」我最後忍不住大喊。

「閉嘴。」我看得出來，查理很想揍我，「明明很好看。」

那位殺手，我依舊不曉得他算是英雄還是壞蛋，把他的刀子從某人腹部抽出，然後用自己的袖子擦拭。「為什麼電影都要這樣演？」我問。

「什麼？」

「他們刺了別人之後，就用自己的衣服擦拭刀子，為什麼？這樣下一個被刺的人不會被細菌感染嗎？」

「亞當，」查理抱怨，「不要一直講話。」

爛透了。我不停跺腳，盯著時鐘，直到下課鐘終於響起。我跳到走廊上，老師大聲叫我不要奔跑，然後我跑到校外，朱利安已經拿著《哈姆雷特》的劇本，站在我的車旁等待。儘管我今天早上有看到他，儘管他的姨丈施暴已經是兩個月前的事，我依舊盯著他看了好一會兒。

那件事之後過了幾天，他回到學校上課，嘴唇依舊紅腫，顴骨上有瘀青。「薇洛克醫生一定會問你的臉怎麼了。」我告訴他。其實他並不算和她有約，通常只是我們兩個在校園裡亂晃，不過最後五分鐘還是必須向她報到。

「那我就不去找薇洛克醫生了。」他說。

「也許我應該告訴她。」

他露出絕望的表情，看起來好像快要發瘋。「如果你告訴她……」他顯然正在想怎麼威脅我，「如果你告訴她，我就不跟你當朋友了。」這種話打從國小畢業我就沒聽過了，那個年紀都會用友誼當作談判籌碼。

朱利安的威脅非常孩子氣，但聽到他這樣說我一點也不訝異。他只小我四歲，但我卻覺得自己成熟很多，又或者是他非常不成熟。我一直以為艱難的環境會讓人成熟，不過如果真是如此，朱利安的心智應該已經一百歲了，如今我懷疑也許艱難環境反而讓人心智退化。也許增長的只有年紀，傷痛並不會讓人成長。

最後我還是答應朱利安，什麼也不會說，然後我們不再談這件事，但我卻一直想起，不斷想起。雖然我答應了不會說出去，卻依舊在心裡不斷掙扎要不要告訴薇洛克醫生，甚至考慮告訴我媽。我有想過與羅素正面對質，想過衝進那間大房子，告訴他最好別再碰朱利安。

但到頭來我還是什麼也沒做。

我把頭歪向朱利安手上的劇本，「哇，快要公演了，是嗎？」他點頭，坐到車子後座，

「已經分配角色了嗎？」

「對，我是侍臣，就是他告訴哈姆雷特的媽媽，奧菲莉亞要瘋了。」

「你有臺詞？」

他點頭。

「真棒！」

「只有幾句而已。」

「但是演出的學生有四百位，而你卻有臺詞，真的很不錯！」他露出既尷尬又開心的表情。

過了一會兒，查理、傑斯和艾莉森也坐上後座，小翠坐到副駕駛座。她很美，頭髮盤起，露出白皙的脖子，身上穿著短洋裝，露出長腿。我忍不住傻笑，親吻她，查理假裝要吐了。傑斯把 iPod 插進音源線，車裡流洩著我們都熟悉且喜歡的歌，於是大家放聲歌唱。

送每個人回家後，我看著小翠，她也看著我，露出神祕的笑容，我不得不親吻她。我覺得頭好暈，彷彿被人注射了咖啡因和糖粉。她笑了，似乎和我有同樣感受，我們都想起了藏在後車廂的行李。

＊＊＊

我告訴我媽要和查理去健行，不過我認為她並不在意我其實是要和小翠出遊，她問了一堆很煩的問題，還給了我一些尷尬的建議，但我並不需要，因為根本不會發生什麼事。就算我想要有性行為，小翠目前也只肯到精神層面而已。

「妳是怎麼跟妳媽說的？」我問。

「她不會發現我不在家。」她用平常那種平穩、近乎專業的語氣說道。她玩弄著食指上的戒指，那是她奶奶送的生日禮物，據我所知，也是她從家人得到的唯一生日禮物。

也許小翠永遠不會成為告訴我最深沉、最黑暗祕密的那種人，她似乎認為透過精密的策劃，讓你自己發掘她的祕密，才是有尊嚴的行為。不過現在我們有空就會膩在一起，我確實發現了一些事，其中之一就是她裝作不在乎的冷漠語氣其實是假的。也許她真的相信父母會犯錯，但媽媽忽略她的存在這件事依舊很傷她的心。

「小翠？」

「嗯？」

「妳的一舉一動我都不會忽視。」

她轉頭看我，藍色眼睛溼潤，手緊握住我的。

＊＊＊

我們開車離開城市，前往海拔較高、路較寬、天空較廣的地區。我們抵達小木屋時已經黃昏了，小木屋比網路上看起來更好，我很興奮，雖然很小間，但是被我所看過最大片的樹林包圍，與世隔絕。

第一天我們去健行，路上沒有遇到其他人，我們好像獨自待在自己的星球上，周圍的一切都很巨大，我們變得很渺小。不過由於一切都是我們的，所以我們也是最大的生物。

第二天我們穿梭在森林裡，發現了一個被高山一般的岩石包圍的湖泊。我們穿著內衣跳進綠色湖水裡，在水底下親吻，但卻沒我想像的性感，因為我被水嗆到，而且根本感受不到她的嘴唇。我們游到瀑布後方，發現一個聞起來有苔蘚和古老氣味的洞穴，在那裡親吻好多了。

第三天我們走進森林更深處，我被樹枝絆倒，幸好沒有摔斷腿，要是小翠得背我離開這裡就太瞎了。我坐在一根斷掉的樹幹上休息，她很正式地告訴我，她已經準備好要和我發生關係。

我點頭，提議立刻回去小木屋。

＊＊＊

小翠平躺在床上，頭髮像美人魚一樣披散在枕頭上。我從以前就很著迷於她的頭髮，永遠綁著繁複的樣式，彷彿身後有一群團隊在幫她準備參加舞會。但像這樣披散、沒有人看過的樣子，才是我最喜歡的。

她裸體躺在我面前，實在有點超現實，而且我不只可以看著她，還被期待要看著她。她沒有試圖遮掩自己的身體，不過她很僵硬地躺著，紅斑遍布臉頰、脖子和胸膛。

「妳很尷尬。」我發現後說道。

「當然啊。」她把薄被單拉至下巴，我試著拉下來，但她的力氣比我想的還大。

「我也裸體，但我不尷尬。」

「那是因為你沒有一般人的感覺。」她用被單蓋住臉，聲音很模糊。「你不會緊張、害羞、妒忌，沒有事情可以影響你。」

「我有感覺啊。」也許我不像某些人那樣，但我確實有感覺。

她把被單拉到眼睛下方，「我不是那個意思，我表達得不好。」

我爬上床，用一隻手撐住頭，等待她繼續說下去。

「我要說的是……你不會被擊垮。」

我笑了，「不會被擊垮？」

「我的意思是，你不會覺得有什麼事情很困擾，我猜這就是大家愛你的原因，你很怡然自得，也讓大家覺得相處起來很舒服。你很堅強，會傷害多數人的事情卻傷害不了你。不過有時會感覺你不需要別人，例如這個。我們如果相處沒問題，你也沒問題，但要是我們走不下去，你也沒關係，你不會崩潰，不會像我一樣傷心。」

我們彷彿回到那個迷宮中央，在那個神奇的地方，她不像個士兵一樣站著，而是不得不把真心話告訴我。

「小翠。」我撫摸她的臉頰，像在玩連連看似地戳著分散的痣。「不管妳是怎麼看我的，都不是真的，我需要妳的程度和妳需要我一樣多。」

她不相信我，我看得出來，但她想相信我。她的手移動到我的脖子，緊抱，我一隻手移動到被單底下，這次她讓我把被單拉開了。

〈37〉亞當

小翠和我放學後手牽手走過停車場。我們在小木屋待了整整五天，但仍然覺得不夠。她一直用很滿足的眼神看著我，我親吻她，然後開了車鎖，等其他人上車。

傑斯第一個上來，並且立刻抓住音源線，插進 iPod 裡。

「嘿，兄弟。」幾分鐘後，查理也上車，我對他說。「你今天怎麼沒開車？」他終於存夠錢，買了自己的車，一臺黑色吉普車。

「你說這話是什麼意思？」他咆哮，卡蜜拉正好也上車，逼他挪到中間位置。

小翠和我疑惑地對看。通常這時艾莉森會拍他的背，安撫他，可惜她和查理目前分手中。

「我只是以為你會非常想開車，你這兩年來一直在抱怨我的車。」我開玩笑。

他瞪著自己的手機，「傳簡訊給你媽。你不回她簡訊，她就會傳給我，整個春假她都這樣，幫你說謊實在很煩。」他朝窗外往我們走過來的朱利安皺眉，「你真的要載他？又要？」

看著朱利安擔憂的表情，我生氣了。「你知道嗎，查理？如果你不爽朱利安，可以不必和我們一起坐車。」

車內頓時安靜無聲，查理用最高等級被背叛的眼神看我，彷彿我和艾莉森上床似的。

「隨便你。」他抓了背包，但由於他非常高，無法順利下車，於是氣呼呼地和其他人挪動位置。他離開時，撞了又恐懼、又困惑的朱利安一下。

「他是怎樣？」我問。

小翠拍拍我的背。

朱利安

「今天有發生什麼有趣的事嗎？」星期二我們在走廊上行走時，亞當問我。

「沒有。」不過我很慶幸假期結束了。春假是我人生最漫長、最寂寞的一週。

「話劇進行得怎麼樣？」

「沒有人把臺詞背好，克羅絲老師很不高興。」

亞當笑著說，「她真的以為大家春假會用功嗎？」

「對。」

他又笑了，「那你準備得如何？」

「幾乎了解了。」第一句臺詞不會太難，但哈姆雷特的母親回話後，我有十句連續臺詞，完全看不懂。春假練習臺詞時，我想我至少可以讀出來，但到了英文課，我張開嘴巴，卻看見所有字擠成一團。我不斷結巴，克羅絲老師要我回家練習。

「亞當？」

「什麼事？」

「你有聽過科羅拉多州的阿爾瑪嗎？」

「沒聽過。」

「那新墨西哥州的陶斯滑雪谷呢？」

「沒有。怎麼了？」

媽媽的筆記本中，有一頁是城市清單。在我記憶中她從沒提過這些城市，不過肯定有意義，否則她為什麼要寫下來？也許是她曾去過的城市，不過我不知道她所有去過的地方。

「在計畫公路之旅嗎？」他問。

「不是，我沒有車，也不會開車。」

亞當咯咯笑，「我知道。」

「可是總有一天我會去，我想這些應該都是不錯的地方。」

我們彎過一個轉角，看見威絲特老師，我快速閃躲，甚至踩到了亞當的紅色高筒鞋，害他絆倒。等到他再次站好時，她已經不見了。

威絲特老師和我談論她的兒子以及人生使命的隔天，她又恢復了原樣：情緒不穩、不開心，恨意像飛彈一樣從她身上噴發出來。我想我明白原因，她的兒子過世了，而我們卻活著，她一定很恨我們。

最近全班都開始抵制她，同學直接表現出敵意，小聲密謀復仇。說來很不公平，一個人流露出的痛苦，會對他人有很大的影響。

「亞當……你覺得我們有使命嗎？」

他一臉疑惑地看著我，「什麼樣的使命？」

「我們注定要做的事。」

「我不曉得。你覺得你有使命嗎？」

我失望地聳肩。要是連亞當都不曉得，我猜就沒人曉得了。

一個女孩走過來，眼睛紅腫哀傷，她經過時，亞當對她微笑，她整張臉頓時亮了起來，也對他微笑。

恨意會造成影響，善意也會。

〈38〉朱利安

學生圍繞在通往我祕密房間的黑色鐵梯下方，我很怕其中一個突然爬上去，繞到衣櫃後方，發現兩片歪曲的木板，接著推開木板，一百多位學生走進去，祕密房間再也不屬於我。

今天是星期一，不到一個禮拜就要公演了，每一個有臺詞的學生放學後都要留在禮堂排演。到了這個時間點，即使是飾演重要角色的人，臺詞都背得滾瓜爛熟，除了我以外，我連念出來都有困難。

「大聲一點。」克羅絲老師和其他英文老師不斷對我說，但我只是變成比較大聲地結巴而已。我好想消失，或瞬間移動到別處，但我卻站在舞臺上，前所未有地受矚目。

終於到了六點，老師說我們可以回去了。我沒有跟著人群離開，而是趁沒人發現時，從鐵梯爬到我的祕密房間去。

我等了很久，一直等到底下所有人都走了才爬下去。我獨自站在後臺，這裡有全部的道具和一架鋼琴，我很想坐下來彈，但我從來學不會。雖然媽媽試著教過我，可是看樂譜對我來說太難了，所以我放棄了。

我朝布簾走去時被一個聲音嚇到。「他會毀了整齣戲！」

我偷偷看向大型木製城堡附近，看見橘色頭髮。克莉絲汀站在飾演哈姆雷特的艾力克斯對面，「我說真的，十三句臺詞，三個禮拜背不起來嗎？」她小聲說了什麼，然後往前靠近他，觸摸他的手臂。他稍微退開，而她的魚眼掃了過來，發現我正注視著他們。「沒錯，朱利安，」她說，「我們就是在講你。」

＊＊＊

戶外是溼冷的雨天，雨滴和頭髮貼在我的頭上，一臺黑色吉普車發出尖銳煞車聲，停在我旁邊。

「要搭便車嗎？」查理從車窗內呼喊。

我猶豫了一下，打開副駕駛座的門。

「你把我的新車弄得都是水。」我一坐下他就說。查理一直都不太友善，但今晚他的表情不一樣，更加可怕。

「對不起，我可以下車。」

「算了。」他沒好氣地說，把車開上街，「怎麼？你今天沒搭亞當的車？」

「沒有，我必須去排演。你也沒有嗎？」

「亞當是混蛋。」

「他不是。」

查理緊握住方向盤，簡直要拆下來了，接著他突然急轉彎。有那麼一秒鐘，我們飄在半空中，然後車子滑過路邊一個深水坑，我的心跳漏了一拍，很怕自己會吐出來。「呃……沒關係，查理，你可以讓我在這裡下車。」

「我說要讓你搭便車，所以你閉嘴，讓我載你回家。」

他拍了一根桿子，把雨刷調到最高速，然後把車子轉回路上。我抓著肚子，希望嘔吐感快點消失。

「對不起。」我們沉默過了幾個街區後，我說，「我知道我會惹惱別人。」我不知道我為什麼要說話，我感覺得出來他並不想要我說話。「所以我才不搭校車。」

他眼神銳利地盯著我，「有人欺負你嗎？」

「只有一個男生，從我開始上學後。」

「他欺負你一整年？」

「不是，是從我開始上學後，從幼兒園開始。」

「他做了什麼？」不知為何，查理的口氣聽起來比平常更憤怒，並且抿著嘴脣。

「他有時會打我，不過沒關係，我知道——」

「有人打你怎麼會沒關係？」

「他只是不快樂。」

「不快樂？」查理語氣輕蔑，我開始口吃。

「沒、沒有人想傷害其他人，他們會、會這樣，是因為不快樂。」

「或者他們就是王八蛋。」

我看著節奏一致的雨刷，即使動作再快也跟不上下雨的速度。

「查理……你呢？」

「我怎樣？」

「快樂嗎？」

他相當吃驚，彷彿我問了他從沒被問過、最私密的問題。雨下得很大，所以他回答時我差點沒聽見：「不。」

「為什麼？」

「我不知道。」

車子慢慢開在溼漉漉的灰色街道上。「我很抱歉。」

「最好是，你根本不在乎吧？」

「我當然在乎，我希望你快樂。」

他臉上交錯浮現生氣和看似羞愧的表情。

車子開到我家前面時，雨下得更大了，我伸手抓住門把，突然他開口說話。

「如果你改天還需要搭便車的話……」他低頭看著方向盤，兩旁的手指慢慢地抓緊又鬆開。

「查理，謝謝你。」我打開車門，從雨中跑進屋去。

〈39〉朱利安

放學後，我跑去找亞當，這時大家正陸續坐上他的車。查理在後座，我想他已經不生亞當的氣了。

「嗨，朱利安。」傑斯說，同一時間亞當問，「你今天不用排演嗎？」

「呃……不用。」

「真的嗎？還有兩天就要公演了耶。」他一直盯著我，好像懷疑我說謊，打算把我踢下車。

「我一直出錯。」我終於承認，因為太尷尬所以無法看著大家。「克羅絲老師不得不找別人來演這個角色。」

「你應該早點告訴我，」他發動車子，「我會陪你練習。」

我抬頭發現小翠看我，眼裡滿是同情，我再次低下頭。

「沒什麼大不了的。」查理說，「你真的想參與演出嗎？」

「不想。」說實話我想，但絕大部分是因為亞當似乎認為我被分配角色很了不起。「應該吧。」

亞當送每個人回家後，沒有開車送我回去，而是回到他家。我們進屋後，他直接走向放在客廳的電腦，「我把劇本找出來，」他邊說邊坐下，「我們來練習你的臺詞。」

「不要。」現在練習太遲了，而且我也不想念給他聽，讓自己出糗，我已經不是國小二年級了。

聽到我拒絕，他好像很訝異，然後他拉出身旁的椅子。「朱利安……」亞當難得會用這麼堅定的語氣，「來吧。」

我的腳自己動了起來，帶我走到椅子旁坐下。我很灰心，頭靠在往前伸直的兩隻手臂上。

「我不會念。」

「這些臺詞確實有點難。」過了一會兒他說，「坐好。我只是要你念出來，可以嗎？」

他用力拉著我的後領，讓我看著螢幕，「試試看。」

於是我試了，一開始確實沒問題，直到第三句。「瑣、瑣水，痛……你看？我就說我不會念！」我再次低頭趴在桌上。

「你可以，你念得很好。坐好。」

我照他說的做。

「再念一次這個字。」他用兩根食指把字框起來，讓我專心看著。

「瑣、瑣水。」

「瑣碎。」他糾正我。

「瑣碎。」

「這個字呢？」

「我不知道。」

他再次把字框起來。

「痛、痛罵？」

「沒錯。現在從頭念一遍。」

「對、對一些瑣碎的事痛罵，講、講的都是些很玄妙的話。」我看了亞當一眼，他點頭，我繼續念下去。

「你看？」他微笑，「你明明就會，只是一兩個字念不好而已。現在再念一次。」

亞當

我沒有去吃午餐，而是朝英語教室區走去。克羅絲老師一手拿著三明治吃，另一手在打字，我敲了敲門框。

「亞當！」她微笑，表情完全變了，「我最愛的學生最近過得如何？」

「妳對每個人都這樣說吧？」

「我才沒有。」她很認真地說。

我拉了一張椅子到她的桌前坐下，「既然我是妳最愛的學生，那麼我想……」她瞇著眼，露出誇張的猜疑表情。「……是不是可以和妳談談朱利安·哈洛。」

「真是不敢相信。」她鄭重地把三明治放在紙巾上。

「什麼？」

「你是要我讓他演出侍臣的角色嗎？」

「妳怎麼知道？」

「你是今天第三個來找我談的人。」

「真的嗎?另外兩個是誰?」

「小翠,還有一個堅持要匿名的男孩。」

「喔,拜託,快告訴我。」

「查理.泰勒。」

「查理?」我笑了。

「我要把我對他們說的話,再跟你說一遍。朱利安是個很好的男孩,我一開始會給他這個角色,是因為……我要說的是,這件事對他來說太難了。」

「並不會。」

「我們已經練習了將近一個月,但他依舊——」

「他只是壓力太大,但是他昨天晚上全背起來了。」我看得出來她正在考慮,於是我繼續進攻。「拜託?他真的很失望,可以給他一個機會證明他做得到嗎?」

「喔,好吧!好吧!不過老實說,亞當,要是他沒辦法的話,就要換人,我不希望他在舞臺上出糗。」

「他做得到。」

朱利安

禮堂的走道上擺了一排木箱充當椅子，我在其中一個坐下。由於我們無法全部擠進後臺，所以走道隔成了幾個隔間當作更衣室，我周圍至少有五十個吼叫的學生正在換裝、化妝。

昨天克羅絲老師告訴我她考慮過了，她願意再給我一次機會，我真的可以上臺說我的臺詞！我非常的……鬆了一口氣，但現在即將開演，我卻很緊張。我聽見學生的家人擠進外面的大廳，每隔一分鐘就有一個男生或女生把康乃馨送給不同演員。家長可以花兩塊美金買花，在開演前請人送到後臺。

突然有人發出驚慌的叫聲，即使這裡鬧哄哄的，大家還是聽見了。「為什麼四年級的來了？」

「什麼？」另一個大叫。

「四年級！一大群。」一群高一學生跑向隔板，往外偷看。

「喔，完了。」一個男孩哀號，「他們一定是來惡整我們的，我就知道！」

「喔，天啊，是他們。」克莉絲汀很害怕，「他們怎麼會來？」

我很好奇，於是站起來，往他們的脖子縫隙看去，但是太擠了，我什麼也看不到。接著我聽到自己的名字，學生讓開，我看見亞當露齒而笑，對我揮手。走道上的每個人都注視著我，我假裝不在意地穿過這群高一生，朝更大群的學生家人走去。

亞當和小翠牽著手微笑，在他們身旁的是查理、艾莉森、卡蜜拉、麥特、傑斯，以及一大群亞當的朋友。

「你們怎麼來了？」我問。

亞當露出好笑又好氣的表情，查理也是，但他的表情更可怕。「你覺得呢？」亞當說。

「我不知道，你說過公演很難看，你說學生不會來。」

「我們是來看你的，傻瓜。」查理這樣說，但他卻在微笑。

「喔。」

「你不需要換戲服嗎？」亞當問。

「要啊。」

查理指著後方更衣區，「去吧！」

「好，拜！」我揮手，然後穿過一群人走回去。一分鐘前我感覺到的緊張已經消失，現在反而有一股暖意流遍全身，我愛的人來看我演出，他們的目光就像安全網，我不會墜落。

亞當

公演一如往常很難看，所以開始五分鐘後，我便坐不住了。

查理踩了我的腳。

「王八蛋。」我痛得縮了一下，這樣反而讓他很開心。五秒鐘過後，我再次扭動身體。

我並不是故意要惹毛他，只是我的行為剛好有這個不錯的副作用。

無聊至極的時間一分一秒過去，我開始有點焦慮。我不斷想起克羅絲老師說的話，她不希望朱利安在大家面前出糗，也許我硬要他上臺是錯的，要是他表現得不理想，天曉得會發生什麼事？

終於來到第四幕，朱利安上臺了，他穿了一件蓬鬆的絲絨外套、及膝的短褲，還有可怕的紫色緊身襪，查理笑了出來，這次換我踩他的腳。

朱利安說出第一句臺詞時，我握住小翠的手。簡單的部分完成了。

哈姆雷特的母親回應，接著我更用力握小翠的手，並且在腦中默背他的臺詞，彷彿這樣能心電感應傳送給他。朱利安繼續說出下面的臺詞，也許他演得並不是太好，但每個字都念對，而且清晰。

他往舞臺左邊退場後，我忍不住大聲鼓掌，雖然這樣做對如此陰沉的一幕不太妥當。小翠看著我，發出驚訝的笑聲，然後她也跟著鼓掌，接著查理、卡蜜拉以及其他我們拉來的高四生，全都站起來歡呼。

〈40〉亞當

朱利安和我在校園閒晃，準備最後走去薇洛克醫生的辦公室，這時他突然說：「你想知道我都在哪裡吃午餐嗎？」

我驚訝地轉頭看他，「當然想。」

「我可以帶你去，可是……」

「怎麼樣？」

「一定要保密。」

「好，這下我真的很好奇。」

「你不可以告訴其他人。」

「我不會。」他依舊不太確定，所以我又說了一次，「我不會。」

「好吧。」他突然微笑，「跟我來。」

我們朝禮堂走去，我跟著他爬上後臺的樓梯，進入舞臺上方的閣樓。他朝後面一個舊櫃子走去，像個魔術師一樣滑開兩片舊木板。

我彎腰朝黑暗的地方看去，「還有一個房間！」我驚訝地說。可是我覺得到那裡之前，我會先掉下去摔傷，畢竟有太多片樓板不見蹤影，而底下是五十呎[16]的黑暗。

朱利安擠進狹窄的空間，踏上木板，他走到盡頭，屈膝，彷彿要跳水一樣。我說：「朱

16　約十五公尺。

利安，等一下！」但他已經跳了起來。

他降落在另一個房間，然後轉身，表情有點擔憂。「也許你別跳比較好。」他說，「要到這裡一定得跳，但是你……」

「怎麼樣？」

「你常常跌倒，即使……即使是正常走路的時候。」

如果這些話換成別人說，我會覺得對方是混蛋，但如果是朱利安，那就是真的在擔心我。我目測距離，其實只有幾呎寬。

「我應該沒問題。」

他不太相信，但依舊往後退開，讓我跳過去。我成功了，朱利安露出充滿希望的笑容，我說：「這裡很酷。」可是其實一點也不酷，這裡充其量只能算是壁櫥，曾經燒毀又重建，但依舊有腐敗的氣味。「你每天都在這裡吃午餐嗎？」

他點頭。

這個事實比房間還讓人沮喪。我們來這裡不到兩分鐘，我就已經覺得無聊、拘束。我走來走去，從那扇小窗戶往外看，然後再走來走去，最後踢到某個東西，一疊堆在角落的筆記本。

「這是什麼？」我蹲下來，拿起一本。

「喔……沒什麼……嗯，就只是……」

我翻開來，看見朱利安如象形文字一般的筆跡，不過已經比以前整齊一點，努力看的話沒那麼難懂。

我走到小圓窗旁，開始閱讀，即使這個房間很暗、很狹窄，我依舊坐在地板上，一頁翻過一頁。

我抬起頭，朱利安正看著我，同時咬著大拇指。

「你是怎麼做到的？」我問。

他露出擔心的表情，「做到什麼？」

「寫這種東西。你的腦袋是怎麼運作的？」閱讀他的故事，和我以前讀《水手艾利安》的感覺一樣，我非常喜歡這個故事，自己彷彿身處另一個世界。朱利安露出更加擔憂的表情，我明白必須解釋清楚。「很棒，朱利安，真的，非常棒。」

他的臉一度完全僵掉，接著露出燦爛的笑容。

我站起來，把筆記本交給他。

鐘聲響起，聽起來比平常更遙遠。「你餓了嗎？」我問，心裡依舊不敢相信朱利安在這陰暗空間吃午餐。

「餓了。」

「你應該去學生餐廳吃飯。我的意思是，既然你有朋友，何必獨自一人吃午餐呢？」

朱利安

第一次走進學生餐廳，我感覺到同班同學投射過來的好奇眼光。

這個大餐廳擠滿了人，亞當走得很快，我很怕會在人群中跟丟，所以小跑跟上。

我們走到他所屬的那張餐桌，已經沒有空位，所以光是找位置坐下就有點尷尬，而且他立刻就和小翠聊了起來，所以我沒人可以說話。

接著傑斯問我要不要聽他的 iPod，他沒等我回答，直接把耳機塞進我耳朵。

「很好聽。」我說。

我們聊著各自喜歡的音樂，亞當要我喝一半他的綠色果汁，卡蜜拉要他放過我，但我還是喝了，然後亞當說了好笑的事情，我跟著其他人一起笑，這種感覺就像在小翠的派對上跳舞一樣，身體有股同樣的電流流過。

那種感覺跟隨我一整天，我覺得自己像是名畫裡的天使，身旁有金色光環。放學後我走進屋子裡，這種感覺還在，像是一張安全網，一股金色的幸福感。

我過了好一會兒才發現他的存在。羅素，站在廚房角落，像影子一樣黑，像雕像一樣靜止不動，除了他喉嚨上昆蟲一般跳動的脈膊。

〈41〉朱利安

「看來今天校車提早送你回來。」羅素說。

「對。」

他盯著我，彷彿只要用力盯著，就能看穿謊話。「你穿那件是什麼？」

「什麼？」

「這句話你哪裡聽不懂？」

「沒有，我只是……這只是一件襯衫。」

「我知道是襯衫，」他微笑，「哪裡來的？」

「學校一位朋友的。」

「朋友？」他發出懷疑的輕笑，「你說的朋友是亞當？」

「……對。」

「所以起初他進來我家，現在他用自己的衣服打扮你？」

「他從來沒有進過這間房子。」

「他從來沒有進過這間房子？」

「我的意思是，他只進來一次，後來就沒再來了。」

「為什麼這個男生要給你衣服？」

「我不知道。」

「你拿什麼跟他交換？」

「我沒有啊。」

羅素脖子的血管不停跳動，很可怕，就和他打破海螺那晚一樣，「說謊。」

我往後退一步。

「你替他做了什麼？」

「我不知道。」

「你不知道自己做了什麼？」

「我的意思是，我什麼也沒做。」

「你一定做了什麼，別人不會無緣無故給你東西。」

「對不起。」

「這不是答案。」

「我不知道答案是什麼。」

「你對他抱怨我，說些關於我的謊話嗎？」

「沒有。」

「那麼為什麼？」

「我想他就只是覺得我的衣服太小罷了。」

「所以你的確有抱怨。」

我搖頭。

「你一定有。你以為我真的會相信，這個男生莫名其妙地特別關注你和你的衣服嗎？」

「我不知道。」

「朱利安……」他用譏諷的語氣叫我，「他為什麼會注意到你的衣服？」

「我不知道。」

「你是不是有什麼事瞞著我？」

「他只是表達友善，他是我的朋友。」

「我從你出生就認識你，」他的嘴角歪向一邊，露出像是笑容的表情，「你並沒有朋友。」

眼淚開始冒出來，但我並不覺得悲傷，而是覺得——

「他為什麼給你衣服？」

——憤怒。「他認為我需要這些衣服。」

「為什麼？」

憤怒在我的腹部纏繞。「因為我的不合身。」

「他怎麼會知道？」

我的手緊握成拳頭。「因為他有眼睛可以自己看！」

我從沒看過羅素這般驚訝的表情，但他現在確實瞠目結舌，驚訝不已。有那麼一會兒，我們兩個都沒說話。

接著他的表情變了，臉色漲紅，「去拿來。」

「什、什麼？」

「不要再問我什麼，去拿來。」

「可是我並沒有做錯事！」

「那個叫亞當的男生，他一直灌輸你錯誤的觀念！你從來沒有用這種口氣和我說過話。」羅素大步走向櫥櫃，用力拉開最底下的抽屜，抓出鞭子。「脫掉上衣。」

我在自己的眼後看見羅素用海螺打我的那一晚，亞當憤怒的表情，我的心像一個拳頭，隨著每次跳動張開又抓緊，不停脹大。「我沒有做錯事！」

眼前出現鞭子模糊的晃動，身上多出紅色的痕跡，一股不公平的痛楚襲來。我倒下，跪在亞當的憤怒裡。

＊＊＊

醒來的時候，我的身體僵硬疼痛。我往五斗櫃看了一眼，沒有錢也沒有海螺。我昨晚的勇氣已經消失，只剩下後悔。去學校要走很遠的路，我必須起來準備了。

每個動作都很緩慢，每個動作都很痛。

我剛穿好球鞋，羅素出現在房門口，「今天我載你去。」他從來沒有，一次也沒有載過我去上學。

「謝謝。」我說。

我們沉默坐在車上，車子在街上狂飆，我的胃不停搖晃，我很怕自己會暈車，要是我吐在他的皮椅上，無法想像他會有多生氣。我用手環抱自己，想些正面的事。

到達停車場時，這裡滿是學生，然而他並沒有要我直接下車，而是把車開進停車格。

「我們要去辦公室，幫你辦退學。」

「退學？我、我不用上學嗎？」

「諾拉同意讓你和她住。」

我不想和羅素的姊姊住，我不想要離我的朋友很遠，但這一天終於來了，他已經忍受不了我了。

「將近五年我試著和你相處，但你依舊是個寵壞的孩子。」

羅素在辦公室簽了文件，等待我的就學紀錄，而我閉上眼睛。如果我專心一點，可以反轉時間，彎曲湯匙。

但最後我們回到他的車上，我什麼也沒改變。

羅素轉動鑰匙，我問，「我可以向亞當告別嗎？」我很怕他會直接在這裡打我，他看起來就是這麼生氣。

突然他笑了，「你真的以為他是你的朋友嗎？」

我沒有回答。

「亞當就是那個男孩，是不是？你曾經住在他家？」

我點頭。

「他就是那個從來沒想過要打電話給你的男孩，都過幾年了？他就是那個想要再次有自己的房間，所以求媽媽讓你離開的男孩？他不是你的朋友，你得記得這些年到底是誰在你身邊。」

我望向窗外，鐘聲響了，停車場空無一人。

「你知道他的電話號碼嗎？」羅素問。

我小心翼翼地點頭。

他從口袋拿出手機交給我，「快點講完。」

我要的不是這樣，我想走進學校，當面和他道別，不過想要和能做是兩回事。

我在背包裡找到寫有亞當電話號碼的筆記本，撥號，我不期待這個時間他會接電話，而他確實沒接，直接轉入語音信箱，一個機械聲要我留言。

「嗨，亞當，」我在羅素注視下說道，「我只是想告訴你，我要搬去羅素的姊姊家……我只是打來跟你說再見。」

＊＊＊

「在這裡等著。」我們開上屋前車道時羅素說道。我留在座位上，盯著前方，但眼睛沒有聚焦。過了一會兒我開始數著時間，十分鐘，二十分鐘，三十分鐘。

羅素敲了敲副駕駛座車窗，用他細長的拇指往後指，叫我下車。

這表示他要讓我留下來嗎？

我跟著他走進屋子，走進我的房間，我的行李箱開著，裡面空無一物，所有物品塞進兩個紙箱內。他指著行李箱說，「打包。」

我愣住，從衣櫥拿出衣服。

我把行李箱拉鍊拉上時，他走回來，倚靠在我的門口，「你住在這裡很久了，你沒有別的親人，我接納了你。」

我點頭。

「你的父母過世後，我想為你做點什麼。我在父親過世時，年紀也只比你大一點。」

「我知道，對不起。」

「你小時候，有時你爸媽會帶你來這裡。」

「我……我記得。」

「他們不管你的行為，不管你製造多少麻煩，不管你有多吵。你打斷他們說話，他們也只是微笑。」羅素的眼睛冒出憤怒的火光，「他們竟然期待，我會順從這個突發奇想的孩子，停下所有事情，就只因為你想唱歌。」他越來越生氣，身體似乎越來越膨脹，「除非所有人的目光在你身上，否則你們一家都不滿足。」他喉嚨上的血管開始跳動，「你完全被寵壞了。」

他深呼吸。

「但是和我住在一起……」他的語氣開始緩和，「你漸漸變成一個好孩子，我不曉得這些年到底發生了什麼事。」他從口袋拿出一個東西，「不過我想一切還不會太遲，」一個鎖，沉甸甸的銀鎖，「我依舊可以教育你。」

「教育我什麼？」

他用看待畫作或是雕像或是無生命物體的眼神看著我，「進去行李箱。」

「什麼？」

「進去行李箱。」

「可是……我……我要去諾拉家。」

「不，朱利安，你不會去。」

〈42〉朱利安

我的目光從羅素身上，移動到行李箱，再移動到房門，他似乎知道我在想什麼，表情變得很難看。「別再、反抗、我。」

我試著說些什麼，好讓他那種表情消失，但我卻想起威絲特老師課堂上教過的一件事，不健全的腦袋有個東西擋在神經元之間，所以訊息無法傳遞。

「我現在是要給你一個機會。」羅素的語氣接近溫柔，我非常驚訝，忍不住看著他，「你難道比較希望我把你送走嗎？」

「你……你不想要我離開嗎？」

「不。」他回答，「我不想要你離開。」我眼裡都是淚水，鬆了一口氣和被拋棄兩種情緒互相碰撞。「你想要再一次機會嗎？」

我快速點頭。

「再一次機會，我就只給這麼一次。」

「謝謝。」

＊＊＊

我跪下來，讓臉碰到行李箱冰冷的金屬底部，然後我把膝蓋朝旁邊彎成奇怪的角度。有一度我瘋狂地認為自己應該轉身，調整姿勢，但蓋子太快蓋上了。我聽見鎖就位、金屬摩擦金屬的聲音，那聲音好遙遠。

我試著把壓在胸膛下的雙手拉出來，但沒有多餘的空間。這裡太黑暗，我動彈不得，悶熱和恐懼讓我滿頭大汗。在行李箱裡，我的呼吸好大聲、好急促，我想這裡頭的空氣應該不夠。

我再次試圖拉出手臂，手肘卻撞到箱子，髖部因為呈奇怪的角度而開始疼痛，但我沒辦法伸展。

太黑暗了。

我聽得見自己心跳的聲音，又急又大聲，我懷疑自己快要死掉了。接著我肩膀一塊肌肉撕扯開來，我突然可以移動，轉身看見——光。

九歲那年，我離家去夏令營前的幾個小時，找到了夜光星星貼紙，並把它們全貼在行李箱蓋內側。我當時為何那樣做？我又看不到。

我斷斷續續的笑聲在行李箱裡迴盪，呼吸漸漸和緩。我往上看，蓋子彷彿越來越高，最後消失不見，而我就像躺在一望無際的星空底下。

亞當

兩分鐘前我敲了門，現在正在朱利安的教室外頭走來走去，我有點厭煩了。他的老師探出頭來，「他今天缺席。」她說，然後用力關上門。太好了，這表示我要在薇洛克醫生的辦公室無聊坐一小時。

我的手機響了，查理傳來的憤怒簡訊，他的化學老師又在找他麻煩。我回傳簡訊時，被一個垃圾桶絆倒，屁股著地。起身的時候，我注意到有一通語音留言。

＊＊＊

「一點道理也沒有。」我對薇洛克醫生說了第三遍，「如果朱利安要搬走，他會當面告訴我。」

「我不曉得該怎麼對你說，亞當，」她坐在黃色桌子前，翻閱一本厚資料夾，「他的姨丈今天早上簽了文件。」

「所以就在學期還剩……多少，一個月，他卻決定讓朱利安搬走？妳覺得這樣合乎邏輯嗎？」

「不，」她附和，「不合邏輯。」

朱利安

我因為身體抽痛而醒來，手肘、肩膀和膝蓋都很痛，甚至比皮膚上的刺痛傷痕還難受。我好渴、好熱，不曉得究竟過了多久。我的呼吸依舊沉重不規律，就像感冒一樣。星星看起來比較暗，也許是因為我的眼睛模糊的關係。

不，絕對比較暗。

我想起來了，這種貼紙要吸收光線才會發光。我脖子彎成疼痛的角度，往上看，星星的光線漸漸消失，最後變成一片可怕的漆黑。

太暗了，我無法呼吸。

我想尖叫，但羅素可能會聽見，我抓著金屬行李箱，我要出去！

然後我的手指摸到了，一個小洞。

我並沒有因為可以呼吸而鬆一口氣，反而想到羅素在我爸媽送的行李箱上鑽洞而非常痛苦。

我把膝蓋緊靠在胸前。我想上廁所，這件事很快就比鞭傷和痠痛的關節還糟糕。

就在我覺得再也忍不住的時候，傳來清楚的開鎖聲，行李箱蓋子開啟，我往上跳起來，大口呼吸。一杯冷開水朝我推過來，我用兩隻顫抖的手接過，喝了，然後說，「廁所。」

羅素用不帶情緒的好奇眼神看著我，他點頭，我蹣跚小跑，這個動作讓我想起了亞當。

上完廁所後，我倒在地板上，把我的臉貼在冰冷的磁磚上。牆壁、地板和燈光白得相當刺眼，但我可以伸展四肢，而且這裡很冰涼，相當冰涼。

羅素高大的影子落在我身上，「起來。」

我不想離開廁所，但我還是用手掌撐起身體，搖搖晃晃地走向我的床。

「你要去哪裡？」他問。

我咳嗽，喉嚨很乾，真希望剛才有多喝一點水。「睡覺？」

他搖頭，指著行李箱。

「對不起。」我開始哭。

「你反抗我。」他轉身離開房間，我倒在床上，但一會兒過後我的肩膀和背傳來刺痛。

「住手！求求你！」我想舉起手臂，肌肉卻不聽使喚，於是鞭子落在我臉上，不停落下。

「我會去諾拉家！」

鞭子突然停住，羅素的表情是我從未見過的可怕。「你想離開？」

「沒有，」我搖頭，「沒有。」

他依舊是那可怕的表情，手上依舊拿著鞭子，「在發生這麼多事之後？你想離開？」

「沒有。」我再次搖頭，但他似乎沒聽見我說話。突然間鞭子以極快的速度落下，「對不起。」我起身，蹣跚走向行李箱。

我蹲進去時，他依舊在打我。

〈43〉朱利安

稍早從洞孔射進來兩條鉛筆般細長的光線，但現在又變成完全的黑暗。我好熱、好渴、好餓，突然感到一陣恐慌，想要尖叫。

想些正面的事。

如果我想些正面的事就能呼吸。我幻想水手艾利安，我站在他的船上，他的船可以到任何地方。

我的呼吸漸漸和緩，心很快平靜下來，甚至昏昏欲睡。更多幻想進進出出我的腦袋，媽媽……爸爸……小翠……亞當。

究竟過了多久了？

我不知道。

過了一段時間後，我的腦子裡只有一個念頭：我想尿尿。我數到六十，然後再重複十次。十分鐘，二十、三十、四十、五十，我無法決定，卻也別無選擇，我已經憋不住了。

＊＊＊

你無法一直控制自己的回憶，例如我鬧脾氣說我比較愛爸爸時，媽媽臉上的表情，或是我鬧脾氣說我比較愛**她**時，他的表情，這樣的回憶似乎全綁在同一條線上。你想起一件事，就不得不想起全部類似的事；想起所有你做過的壞事。

例如有一次我們去散步，我發現幾隻青蛙寶寶，媽不准我帶回家，所以我藏在外套裡。還有一次我找到知更鳥的巢，裡頭還有蛋，爸叫我不准摸，但我偷偷帶去學校炫耀。我把青蛙從口袋拿出來時，牠們已經死掉了。

我去學校時，老師說就算我把蛋放回去，鳥媽媽也不會回巢了，這些蛋永遠不會孵化。

我不是故意要殺死青蛙，我不是故意要殺死小鳥。

媽媽爸爸叫我別哭，爸爸抱起我，說：「再哭你會頭痛。」但我已經頭痛了，他用染了各種顏色的手指揉我的頭，而媽說：「只是意外，只是意外。」可是如果有某個東西死掉了，是你讓某個東西死掉的，就不能用**意外**解釋一切。

關於意外的回憶也綁在同一條線上，二年級時我在學校製造的意外，害媽媽不得不帶乾淨的褲子來給我，或是我意外把紅色顏料灑在沙發上。還有，社工告訴我父母發生的事，一場意外，只是一場意外。

＊＊＊

我好像聽到鎖聲，有時我以為聽見了，結果卻是幻覺，但這次是真的。蓋子打開，羅素應該就站在我面前，然而光線太亮，我的眼睛開始流淚。不過有光線是好事，星星貼紙會吸收光線，行李箱打開得越久越好。

一杯冷水塞進我手中，我大口喝掉。我的視線恢復清晰，看見羅素在冷笑，他聞一聞氣味，露出嫌惡的表情，我羞愧地縮著身體。他只說了一句，「洗澡。」

我的手臂和腿比之前更痛了，不過可以洗澡感覺不錯。我拿起肥皂，刷洗發臭的身體和頭髮，我從浴缸爬起來時，水已經涼掉了。

我的嘴巴有腐臭味，牙齒表面沙沙的。浴室門敞開，我沒看見羅素，於是我抓緊時間，沒有把牙膏擠在牙刷上，而是直接擠在嘴裡，嘗起來甜甜的，我沒有多想就吞下去了。

我咳嗽，這時羅素的影子出現在地板上。

我轉身，可以感覺到他正盯著我的背。他把一條運動褲扔在地上，我穿上去，然後搖搖晃晃走向行李箱，爬進去。我抬頭看著他，無聲傳達：瞧？我很聽話，真的。但是完全看不出他在想什麼，他冷漠、面無表情，再次關上行李箱。我抬起頭，星星發出光芒。

〈44〉朱利安

已經過了幾天了？

我不知道。

我已經建立起一種模式。在微弱光線中醒來，肚子餓，喝水，上廁所，有時候我會憋到他來為止。

有時候我憋不住。

行李箱打開，我的視線因為光線而模糊。

「很好。」羅素說。今天我憋住了。

上完廁所後，我跪在地上，他在我身旁放一個盤子，火腿起士三明治。我眼睛模糊，這次是因為情緒激動而哭。他從來沒有幫我準備過食物。

我想道謝，但無法說出口，所以我只是點頭，希望他能明白。三明治很好吃，突然間我的胃收縮，開始乾嘔。

他讚賞的表情消失，「吃慢點。」

我又咬了一口，再次乾嘔。他走過來想拿走三明治，我想都沒想就把三明治拉到胸前，他從我手上奪走三明治，丟進垃圾桶，脖子上的血管不停跳動。

我又犯了，反抗，反抗，別再反抗了。

我起身，顫抖，慢慢走向行李箱，但箱子卻關著。我用兩隻手打開沉重的蓋子，爬進去，過不了多久便聽見鎖聲。我在黑暗中抬起頭，開始哭泣。

***

有一個回憶，如此清晰。午休時間我躺在幼兒園的墊子上，以懷念故人的沉痛方式懷念我的父母。我開始哭泣，呼叫他們，那時我應該只有三或四歲，我記得當時自己相信，只要呼喊他們的名字，無論他們在哪裡都聽得見。我可以看見自己的念頭像魔術一般，快速飄過雲層和外太空，找尋他們。他們會聽見我的呼喊，然後到我面前來。

我知道很沒意義，但此刻我再次那樣做，發射我的念頭，小聲念著名字，試著傳遞永遠不會被接收的訊息。

亞當

「你今天怎麼了？」小翠問。我們躺在她的床上，蓋著蝴蝶棉被，她的頭靠在我胸上，我用手指順著她的長髮，撫摸她赤裸的肩膀。「你今天有吃藥嗎？」

「有啊，怎麼？」

「你很……我不曉得，很焦躁。」

「我隨時都很焦躁啊。」不過我明白她的意思，我肯定比平常還要緊繃，但不像是過動症造成的，而是——

「你緊張嗎？」

「沒有。」她知道我不會緊張。

「你看起來很緊張。」

我親吻她，想讓我們兩個分心，不再去想這莫名的情緒。

「喔，對了，」過了幾分鐘後她說，「你今天為什麼都不回我簡訊？我至少傳了一百封。」

我哀號，用雙手摀著臉。

「不會又來了吧，亞當，拜託。」

「我當時在車上，替手機充電，然後我忘記杯架上有一杯水。我從來不會放一杯水在那裡，我都是放罐裝飲料！」

「所以你把手機掉進水裡。」

「我媽說她不理我了，她不會再買新手機給我。」

「你能怪她嗎？」她笑著說，「這是今年第十支吧？」

「第四。」我更正。

「試試看米。」

「什麼？」

「把你的手機插在一碗米裡，這樣應該可以吸收水氣。」她親吻我的胸膛，然後頭再次躺上來。「你記得我的電話號碼對吧？」由於我經常遺失或是弄壞手機，所以她堅持要我背她的號碼，不過我認為她是覺得這樣很浪漫：我記得她的號碼。

「對。」

她再次親吻我，接著我們沉默了幾分鐘，然後她問：「朱利安還是沒聯絡你嗎？」

「沒有，真的很奇怪，已經一個多禮拜了，音訊全無。」

「他離開前有打給你對嗎？」

「有……」

「也許他只是忙著搬家之類的。」

「也許吧。」但我不這麼認為，我一直有股不好的感覺，就像是無法擺脫的牙痛。「明天我去他家一趟，問那個阿姨的電話號碼。」

小翠坐起來看著我，「你覺得他姨丈會給你嗎？」

不會，他大概會故意不給我。「我會逼他給。」

她同時露出擔心又覺得有趣的表情，「我和你一起去。」

「不行。」我不希望她靠近那個傢伙，「我不會有事的。」

朱利安

我想起以前曾經牙痛過，整個世界縮小到一吋的痛覺，除此之外沒有別的人事物存在。這是一種會定義你的痛，你知道只要能從頭骨把這種痛撕開丟掉，就自由了。

我現在就有這種感覺，就在背部胸腔右下方，雖然我全身都很痛，但似乎所有痛都匯合在那裡。

痛苦慢慢的、慢慢的倍增，我不曉得哪個部位最痛。有那麼一瞬間出現痛苦以外的念頭，但很快就消失了，這樣的痛苦就像一首不停繚繞在你腦中，但你卻不曉得歌詞的歌，一股穩定的震動、打鼓般的節奏，痛痛痛，無法關掉，無法擺脫。

羅素打開行李箱，「洗澡。」他說，「你很臭。」

我太痛了，無法動彈。

「快去。」

我鬆開四肢。我沒有力氣尖叫，但還是在自己腦中聽見尖叫聲。

眼淚流了下來。我脫掉褲子，爬進浴缸，但就連轉動水龍頭都辦不到。羅素在我旁邊放了一把刮鬍刀後離開，我沒辦法拿起來，光是坐著就很痛，於是我只好讓自己往下倒。

我側躺在冰冷的磁磚上，這時聽見門鈴響起。

〈45〉亞當

我不耐煩地又按了一次門鈴，羅素閃亮亮的車停在車道上，所以我知道他一定在家。門終於打開，朱利安的姨丈不像之前那樣衣冠楚楚，他的衣服皺巴巴，鬍子好幾天沒刮，油油的黑髮垂在眼前。

「什麼事？」他勉強擠出笑容問道。

就是這個男人打了朱利安，就是這個體型讓查理顯得很弱小的大人。我忍住內心沸騰的怒氣，張開嘴準備要問電話號碼，然而我卻說：「我可以去朱利安房間拿東西嗎？我借了他一本書，想拿回來。」

他像是聽到天大的笑話一樣笑了，「你借朱利安一本書。」

「對。」

「他的東西都搬走了。」

「他告訴我他忘記打包那本書，他說他留在房間裡。」

「他告訴你的？」他瞇起深色眼睛，「什麼時候？」

「呃……幾天前。」我說。他瞪我，彷彿知道我說謊。「我自己去找就好。」我試圖繞過他，但這樣實在有點蠢，畢竟電話號碼又不會貼在牆壁上。

羅素把我擠到外面，用力甩上身後的門。「我說了——」他逼近我，露出一整排小顆白牙，「不在這裡。」我真的很高興朱利安已經沒和他住在一起，這傢伙真的很可怕，對朱利安來說肯定更嚇人。

我往後退一步，舉起雙手。「好吧，我知道了。我弄丟了他阿姨的電話，只要給我電話號碼我就走。」

「你弄丟她的電話號碼？」他重複你的話的語氣，會讓你不禁懷疑自己說的話。

「對啊？」

「他知道你的電話號碼，對吧？」

「對。」

「那麼我相信如果他想和你說話，他會打給你。」說完後，他用力甩門進屋。

朱利安

我以為我聽見羅素和別人說話，但現在又是一片寂靜。

「你在做什麼？」他進來浴室後開始吼叫，「你就只是躺在那裡！」

我想回答他卻沒辦法，我聽見水龍頭轉開，接著水打在我身上，就像那一次查理讓我搭便車時的雨一樣冰冷。羅素一直在吼叫，要我洗澡、刮鬍子、洗頭髮，我試著抬起手臂，但真的很痛，我哭了起來。

「如果你不打算洗澡，就給我起來。」

每個緩慢動作都非常痛苦，穿上睡褲更是苦不堪言，爬回行李箱也是。箱子蓋上後，黑暗又包圍我。

想些正面的事。

艾利安。我在他的船上，我可以到任何地方。

但幻想破滅。

行李箱開始縮小，我彷彿也開始縮小，消失在另一個地方，也就是兩個世界之間，艾利安從這個地方到下一個地方去的中間那幾秒，伊努伊特水手在兩個海岸之間害怕前去的廣大海洋。

〈46〉朱利安

我的檯燈，有弦月底座的檯燈，肯定是壞掉了，或者燈泡鎢絲燒了，因為我的房間完全一片黑暗。爸爸坐在我的床邊，他一定是聽到我在哭，他把我汗溼的頭髮撥開。太熱了，為什麼這麼熱？

現在是夏天……我們今天去看了煙火，我們在海邊散步，我找到一個從沒見過的大貝殼，媽媽說這叫海螺。她說：*放在耳邊，你聽*。空氣在海螺裡迴盪，聽起來像海浪的聲音。

但是太熱了，我很不舒服，我頭痛，我想要溼毛巾，我想要開著電視，我想要媽媽。我試著把這些話告訴爸爸，但他說：「現在該睡覺了。」

「我睡不著。」

他不理會我，每次我說我不想睡覺，他都這樣無視我。但今天不一樣，我不舒服，我很痛。

爸爸問我問題：「有多少顆星星？」

「我不知道。」

「你知道規矩，」他的聲音很溫柔，「多少顆？」

我抬頭看著漆黑的天空，「我沒看見星星。」

〈47〉朱利安

過了多久？沒有光線照射進來，是我錯過了嗎？還是說我太早醒來了？我在這個貝殼裡待多久了？我在這裡無止境地迴盪，我不是真實的。

我溼透了，肚子好餓，他沒有回來。

好黑暗。

我好害怕。

我永遠出不去了。

我尖叫，抓著貝殼的牆面。有一股激烈的痛楚，骨頭斷裂，但我依舊繼續撞擊牆面。然後我開始墜落。

我的臉撞到某種冰冷的東西。金屬。

我的手指找到兩個洞孔，我試著穿過一根手指，卻摸到某種光滑、堅硬、冰冷的物體。

我把我的貝殼翻倒了，我必須把貝殼翻正，否則我會溺水而死。我用肩膀撞擊牆面，但是太重了，對抗金屬、地心引力和波浪，讓我非常疲憊。

呼吸沉重不順暢。

我在貝殼裡聽見海水的聲音。

亞當

我不停揮動手腳，然後醒過來。我已經忘記惡夢的內容，但依舊記得那股感覺，令人窒息。我睡不著，只好跳下床，小心翼翼地溜出家門，以免吵醒媽媽。我坐上車，打算開去小翠家……但我想起她也許正在熟睡。

路上沒有商店還開著，所以我漫無目的地開著車，最後卻來到朱利安家門前。街燈映照著兩排方形窗戶，像是牙齒一般，屋子裡沒有燈光，但畢竟現在是午夜，很合理。羅素的車沒有在車道上，但也可能停在車庫裡。

我走向前門，按了電鈴，鈴聲在屋內迴盪，我的身體因為恐懼而發疼。羅素大概會因為我吵醒他而修理我一頓，但無所謂，我已經走到這一步，除非他給我電話號碼，否則我不離開。

然而卻沒有燈光亮起，也沒有憤怒的混蛋來開門，顯然沒有人在家，不過我覺得不對勁，所以沒有走回車上。

我接下來做的事，真是超級無敵蠢，我甚至開始計畫警察來的時候要怎麼自圓其說。我會說因為我現在沒有吃過動症的藥，所以會衝動行事，打破朋友家的窗戶並不是我的錯。

沒有防盜鈴聲響起，我把手從玻璃破洞伸進去，小心不要割傷自己，然後轉開鎖。我推開窗戶滑進去，製造了許多噪音。我並沒有正確執行闖空門這件事，我知道。

我爬起來站好，做好心理準備羅素會衝進客廳，尖叫說我怎麼會在他家，又或者他會以為我是持槍的竊賊。我僵在原地。

屋子裡依舊一片安靜。

我深呼吸，聞到從朱利安房間裡飄出來的噁心尿騷味，於是我打開房間電燈，牆邊有一個手提行李箱。

「朱利安？」我呼喊，不過如果屋裡有人，早就聽見我闖進來的聲音了。我大步走過他的衣櫥和行李箱，進去浴室，然後再回到客廳，接著又回去臥房。我抬起手提行李箱，很重，裡面依舊有東西。

我再次踱步。這裡什麼也沒有，不過感覺不對勁，我就是知道。我拉開衣櫥，找尋我也不知道是什麼的東西。我蹲下來，想打開另一個大行李箱。

那個行李箱側面倒地，我一邊悶哼一邊把它轉正，重量出乎我預料。我盯著看了幾秒鐘，想不透為什麼會有一個大鎖，旁邊還鑽了小洞，接著突然冒出一個念頭……一個很可怕、讓我心臟急速跳動、心跳聲占據整個腦袋的念頭。

我拉扯大鎖，沒有用，這時眼睛看見一個銀色亮亮的東西，在衣櫥上有支鑰匙，我拿了過來，急忙把鑰匙插進沉重的鎖裡，鎖開啟，我掀開蓋子。

〈48〉亞當

我耳朵裡像是聲波劃過空氣一樣作響，所有頻率中斷，一片空白。我聽不見、看不見，脈搏緩慢冰冷，我無法動彈。

朱利安在行李箱內。

他的身體扭曲成不可思議的姿勢，手臂和背部有紅色鞭痕和紫色瘀青，鼻子和嘴巴下方有血，背部每根肋骨都清晰可見，肩胛骨像翅膀一樣凸出。

行李箱裡的尿味更濃，是一股混合了汗液、血和尿的味道。他沒有動，就連光線落在他身上也沒有稍微動一下，同時也沒有呼吸跡象。

接著他凸出的肩膀突然移動，不曉得是不是我的幻想。然後有聲音，微弱、沙啞的聲音。

他睜開眼睛。

我著實鬆了好大一口氣，整個人癱軟。他還活著，但他似乎沒看見我。他眨眨眼，像直視太陽那樣稍微睜開眼睛。

他以奇怪的動作想起身，卻沒辦法，我試著拉他起來，但是他退縮了，整個身體縮在行李箱底部。我突然有個可怕的念頭，羅素，這是他幹的，他隨時都會回來。我伸手到口袋要拿手機，這時才想起，該死，手機還放在床頭櫃上，插在一碗米裡面。

我開始一遍又一遍呼喊朱利安的名字，儘管我非常恐慌，但我盡可能用柔和的語氣說話。我向他伸出手，這次他讓我拉他出來。我想盡量避開那些瘀青和傷痕，但實在沒辦法，我的雙手架著他虛弱的手臂，他的雙腿無力，整個人癱倒在地板上。

「打開。」他說，「拜託。」

「朱利安，你出來了，你已經出來了。」

「打開……星星。」

他說什麼我聽不懂。「朱利安。」

他趴在地上爬行，試圖要再次打開行李箱，但手臂無力晃動著。

「沒關係，你不必再進去了。」

但是他依舊非常想打開蓋子，口中一直念著星星。我想抓住他，他卻縮著身體，雙手抱住頭。

「朱利安！」我很怕羅素隨時會回來，「我們必須快點離開。」

他對我眨眨眼，突然好像明白過來。「亞當？」

「對。」

「你看得見我？」

「我看得見你。」

他點頭，閉上眼睛。

我輕而易舉地抬起他，我想是因為恐懼造成腎上腺素分泌的關係吧，不過我也懷疑是他體重太輕。

我們來到外面街道時，他全身完全癱軟，我非常確定他停止了呼吸。

***

我背著他跑進急診室的自動門，同時不停責備自己做錯了。他的頭像洋娃娃一樣跳動，我應該動作慢一點，讓他的頸部保持穩定，但是他動也不動，皮膚像爬蟲類一樣溼冷。

我停下腳步，環顧整個白色空間。為什麼沒有哭泣、流血的病患？為什麼沒有坐著輪椅、抱著肚子，準備去生產的婦人？該死的醫生都去哪裡了？

急診室的另一頭，有一片小玻璃窗，我看見裡頭有個女人正在冷靜地敲鍵盤。我又跑了起來，大叫：「可以幫忙一下嗎？」她顯然看見我了，我們四目相接，但是她面無表情。她站起來，很慢，然後轉身，從玻璃隔間後面的黑門走出去。「嘿！」我在空無一人的急診室轉圈。

過了一會兒，一扇雙開門打開，那個女人和一位蓄鬍的男人慢慢朝我們推來一張床，也許他們這樣冷靜的態度是想讓我也冷靜下來，但卻造成反效果。

「他傷得很重。」我告訴他們。

他們從我手上接過他，讓他躺下，然後他們繼續以無關緊要的態度把床推進雙開門，我跟了上去。我們一邊走，我一邊回答他們的問題，但我像是喝醉酒一樣，只能說出一些毫無意義的話，或是口齒不清。

他們把朱利安推進一個小房間，那位無精打采的女人在他骨瘦如柴的手臂套上血壓器，機器發出嗶聲後，她對蓄鬍的男人小聲說了些什麼，突然間所有人不再慢吞吞。看見他們從無關緊要的態度，轉變成忙亂，真叫人害怕。

十幾位醫護人員突然冒出來，一前一後移動，卻不會撞到彼此，並且快速以簡略的話語溝通，我聽不懂。我靠著牆壁，以免擋到大家。

一個女人在朱利安手上插針，並用膠帶固定住，另一個人在他臉上蓋上氧氣罩。一個穿著黑色手術服的男人推著巨大方形機器進來，並快速在朱利安胸膛上黏了許多白色圓形貼紙，每個貼紙上頭都有銀色凸出物，用電線連接機器。有人把綁在朱利安手臂上的血壓器拿掉，然後幫他連上另一臺不同的機器，另一個護士在他的食指夾上白色晒衣夾，夾子前端固定著一條長長的細電線。

不到五分鐘，他已經快速連接了十幾臺機器，身上有好幾百條電線。他是一個機械人，一個科學實驗品。

突然每個人往兩旁讓開，一個穿著藍色手術服的年輕人走進來，他往朱利安的臉靠過去，用拇指扳開他的眼皮，拿手電筒照他一隻眼睛。朱利安眨眼，張嘴似乎想講話，但又再次昏過去。

醫生對我說話時，依舊看著朱利安，「他發生了什麼事？」

這次我比較能說些完整的話。行李箱。我在行李箱裡發現他。接著他問了一些我無法回答的細節。我不知道他在裡面待了多久。我不知道他最後一次吃東西或喝水是什麼時候。我不知道那些傷痕和瘀青是怎麼來的。

穿黑色衣服的男人把朱利安胸膛上的電線拔掉，留下白色貼紙，然後宣布心電圖正常。

「那是什麼意思？」

「他的心臟，」醫生解釋，「看起來沒事，不過血壓太低。」

我沿著朱利安手臂上的電線看過去，一個黑色螢幕上顯示幾排閃爍的綠色數字。

一個嬌小的女人推了裝滿一臺車的試管進來，她從朱利安的手臂抽了一管又一管血，我差點吐了。然後她把五管滿滿的血放入那一輛車後，便離開了。

一個沒看過的女人拿著裝了液體的塑膠袋進來，快速裝在病床旁的銀色架子上，然後把連接袋子的細長管子接上朱利安手上的針頭。

朱利安。天啊，他一直都很瘦，但現在簡直不成人形，每根肋骨都清晰可見，透過皮膚幾乎能看見他的心臟。

「他不會有事吧？」我大聲念念有詞。

「要等血液檢測結果出來才知道。」醫生的說詞實在給不了我信心，「我也要幫他做電腦斷層掃描和核磁共振。」

「電腦斷層掃描？為什麼——」

我還沒說完，一個護士抓住我的肩膀，要我到外面的走廊去。外頭有三個警察拿著嗶嗶叫的對講機，其中一位身材魁梧，怒氣沖沖地朝我走過來。

〈49〉亞當

「你真的是警察嗎？」我問。

他瞪著我，亮出警徽。

「所以你不會把衣服撕開，開始跳舞？」我自己也不曉得為什麼會問出這種話，也許是我腦袋不正常了。克拉克警官——根據他領子上的銀色名牌——比起真正的警察，還比較像脫衣舞男，或許是因為他的制服是洗到縮水的緣故。即使他原本沒有生氣，這下也絕對超火大。

他把我逼到牆邊，怒吼：「閉嘴，把身分證拿出來。」我從皮夾拿出身分證，他仔細看了很久，彷彿上頭會有什麼線索，然後他拿給另一位警察。「就是你發現他的？」

「對。」

「我要你告訴我事情經過。」

這次我的說法又更有條理，但依舊沒能提供太多資訊。

「你闖進他家？」

「對。」

「對。」

「因為你有不祥的預感？」

「為什麼你有不祥的預感？」

我告訴他，幾個月前，朱利安的姨丈打他，所以沒錯，我就是有不祥的預感。

「你有報警嗎？」

「沒有。」

他沒有露出明顯的責備表情，依舊是剛才那副憤怒瞪人的樣子，不過我感覺得到他在批評我。我應該要報警，我知道。

然後他問：「他的父母呢？」

「過世了。」

「有其他家人嗎？」

「沒有。」

說出這些話實在有些難受又淒涼，他沒有家人，沒有。

然後克拉克開始問我一些我不知道答案的問題：

「羅素在哪裡工作？」

「我不知道。」

「他現在在哪裡？」

「我不知道。我真的得回去裡面——」

「不，你必須回答我的問題。」

我用兩手緊抓著頭，克制自己想拉扯頭髮的衝動。「我不知道。」

他眉頭皺得更深了，我還以為不可能更深呢。「靠牆等著。」他和另外兩位警察像三人組橄欖球員一樣圍在一起，小聲講話，我聽不見。

我腦中浮現朱利安的身影，他的四肢在行李箱裡扭曲，彷彿從摩天大樓被推落。行李箱側面倒地，氣孔被蓋住，究竟這樣過了多久？

要是我沒想到要抬起箱子看看呢？要是我沒有去他家呢？

其中一位警察，較年輕、體型較瘦，從三人小組抬起頭，「你今晚嗑了什麼嗎？」他問我。

「啥？」

他像克拉克一樣把我逼到牆邊，緊盯著我的雙眼，聞聞我身上的味道。「你為什麼這樣子跺腳？」

「我很緊張！而且我有過動症。」

「降低音量，立刻。」

「對不起。我今天晚上真的非常不好過，我只是想去看看我的朋友。」

他深色眼睛稍微露出同情的神色，「在這裡再等一下。」

克拉克趾高氣揚走過來，把身分證用力拍在我掌中。「我們會再回來和那個男孩聊一聊。」

太好了。

我朝那個小房間走回去，這時朱利安剛好被推出來，一位護士說要帶他去照X光，要花一點時間。

我站在如今非常安靜的房間裡，沉默盯著他一秒前躺過的床，雙腿顫抖，想起高一那年八月，我參加越野路跑時昏倒了。我還記得當時頭部撞擊的感覺、身體痛苦發抖、天空似乎變成千萬個黑點。

我的腿像橡皮一樣癱軟，我靠著牆壁滑坐到地上。這麼近距離看，才發現醫院地板非常髒，我應該告訴別人這件事。

不曉得我究竟坐了多久，終於有力氣站起來，問一位護士我可不可以用他們的電話。只有一個電話號碼我倒背如流。

＊＊＊

我沒有想到掛掉電話後，小翠會通知每一個我們認識的朋友。朱利安肯定不喜歡這樣，可是看見親密好友穿著睡衣或是匆忙套上的皺巴巴衣服，從急診室門口跑進來，讓我喉嚨湧起一陣出乎意料的灼熱。

小翠、查理、艾莉森、傑斯、卡蜜拉和麥特，呈半圓形站在我前方，每個人都露出擔心的神情，我得再次解釋事情經過，這次我的說詞比較專業，可以冷靜說出重點。

我停下來深呼吸的時間，似乎成了他們開始哭泣的信號。小翠和艾莉森不停地哭，而且，天啊，就連查理的眼睛都溼溼的，但眼淚還沒落下他便一臉怒容地轉身背對我們。我盡可能露出安慰大家的笑容，告訴他們不會有事的，他們應該回家去睡覺，但他們全都驚訝地怒瞪著我，然後以幾乎同步的姿勢，拉出椅子坐下。喉嚨的灼熱感越來越強烈，我點點頭。

我告訴他們要先去看朱利安，很快就回來。幾分鐘後我回到他們身邊，但完全沒有知道更多新的訊息，我的朋友都露出哀悼者的陰沉表情，小翠依舊坐在一張有軟墊的灰色急診室長椅上，默默哭泣，臉上冒出紅斑。傑斯癱在一旁的椅子上，耳機沒有戴上，用手指在桌面敲著沉悶的節奏。

卡蜜拉和麥特坐在另一張長椅上，手牽著手，他們兩個都穿著紅色格紋睡褲和T恤，我不禁想他們在家是不是都這樣，反而穿一模一樣的衣服。

查理待在另一頭，像隻憤怒的狗不停繞圈，他身後的艾莉森臉色蒼白。每個人都好像受了心理創傷似的，而我像全世界最悲傷的睡衣派對主人，一個一個走到他們面前，我親吻小翠的頭髮，擁抱傑斯，把販賣機買來的零食塞進查理手中，但不管我做什麼也無法讓他們開心一點。

凌晨四點，我第一千遍返回朱利安的病房，醫生告訴我檢驗報告出來了。

＊＊＊

大部分都正常，腦袋沒有受損，所有器官完好，但是他的體力非常差，有脫水現象，無法順利自行呼吸，血壓依舊非常低。他必須要住院，搬到另一間病房去，待到體力恢復為止。

我把這些話向朋友報告，本來我們應該全部跳起來開心歡呼的，但大家反而一臉疲憊又憂鬱，大家的體力似乎也耗盡了。

小翠牽住我的手，拉著我以為我會和所有朋友一起離開。

「我要留下來。」我對她說。

「你需要睡一下。」

「我可以在這裡睡。」

「亞當……」她似乎還想說什麼，但只是親吻我，然後和其他朋友一起離開。

我目送每個人走過自動門。

＊＊＊

朱利安的新病房一片漆黑，只有床頭的面板發出螢光，讓他看起來像是博物館展覽品，每道傷痕和瘀青都清晰可見。他的右手食指和無名指包著繃帶，臉上罩著氧氣罩，身上依舊連接非常多機器。他有一股消毒水的氣味，也許醫護人員幫他穿上病袍前，先幫他清洗了一下。

我突然覺得很憂慮，羅素此刻想必已經回到家，想必發現朱利安不在行李箱裡，要是他開始到處找怎麼辦？要是他來這裡呢？

一位胖胖的護士碰我的肩膀，我嚇得跳起來，她說她會照顧朱利安到早上七點換班為止。

「他的手指怎麼了？」我說話很小聲，雖然他完全沒有被吵醒的跡象。

「骨折了。」我一定是露出很難看的臉色，所以她補了幾句，「他不會痛，醫生幫他打了嗎啡。」我們上方傳來聲響，像是詭異的冰淇淋車發出的音樂，「新生兒。」

「什麼？」

「只要有嬰兒出生，整間醫院就會播放這首搖籃曲。」她開心地微笑，我卻覺得很不妥當，因為整間醫院的人都聽得到這首音樂，可是用意何在？假如你快死了，就可以思考一下生命循環這件事嗎？

護士指著窗前一張橘色和黃色條紋的活動躺椅，「拉出來就可以當床。」她說，「我去幫你拿被子。」

「謝謝。」病房裡很冷，甚至比學校還冷，對病人而言實在不太好。

沒過多久我就躺在硬梆梆的折疊床上，蓋著薄棉被。像這樣和朱利安躺在同一間房裡，讓我想起小時候的情景，只不過現在他每次吸氣呼氣都像是透過麥克風，有擴音機械聲。

我好累，卻睡不著。朱利安住在我們家時，有時候也會睡不著，我記得有一次我就快睡著了，卻聽見他小聲叫我的名字。

「亞當？」

「什麼事？」我說。

「你看得見我嗎？」

從我房間的小百葉窗照進足夠的光線。「可以，我看得見你。」

「我好害怕。」

「你在怕什麼？」

「我不知道。」

「躺下來睡覺。」

「沒辦法，我太害怕了。」

「那就想些正面的事，我小時候媽媽都會叫我這樣做。」

「你以前也會害怕嗎？」

「有時候。」

「你都想些什麼？」

我翻身看著他，一道從百葉窗照進來的垂直光線，剛好落在他的眼睛上，像面具一樣。

「蜘蛛人。」

他懷疑地瞇眼看我，「你假裝自己和蜘蛛人在一起？」

「不是，我假裝自己就是蜘蛛人。」

「這樣你就不害怕了嗎？」

「對啊，大概吧。我會想電影劇情，在我腦中演一遍，然後就睡著了。」

「可是蜘蛛人很可怕。」

「不會啊，他超厲害的。」

「我不喜歡有很多金屬手臂的那一個。」

「八爪博士？是啊，他確實很可怕。好，那就不要想這個，想些你喜歡的東西。」

「我不知道自己喜歡什麼。」

「你當然知道，想想看。」

「水手艾利安？」

「好，現在想你最喜歡的一本水手艾利安的書，然後在腦中把整個故事想一遍，不要想其他事情。」

他緊閉眼睛。

「你有在想嗎？」

他點頭。

「你在哪裡？」

「在艾利安的船上，我在飛。」

此刻朱利安機械般的呼吸聲在病房裡迴盪，我喉嚨的灼熱感增強，某種溼溼熱熱的東西從我臉頰流下。我在哭，蓋著醫院硬梆梆的棉被哭泣，雖然哭得很激烈卻沒發出聲音。我想止住眼淚，可是卻想起我給出這個建議時，九歲朱利安的表情，害怕又懷疑，他想必已經發現真相，超級英雄都是騙人的，就算真的有超級英雄，他們也來得太遲了。

〈50〉亞當

我聽見啜泣聲便醒了過來。一個體型像摔角選手的護士，正把針頭插進朱利安瘦弱的手臂，他們到底要抽這麼多血做什麼？

我快速看了他床邊的電子鐘一眼，才七點半，雖然不曉得我是怎麼辦到的，但我確實睡著了。我一直以為醫院是安靜祥和的地方，但事實上充滿了汽車警報器一般的機器聲，護士每隔幾分鐘就會進進出出，還有痛苦病人的可憐哀號聲。

我站起來，背好痛。「嘿，朱利安，你還好嗎？」他沒有張開眼睛，但是護士拔出針頭再插進去時，他再次啜泣。

「妳一定要這麼粗魯嗎？」我問她。

護士惡狠狠地瞪我，「他的血管不明顯。」她抓住他另一隻手臂，綁上橡皮帶，然後用自己戴了手套的手背拍打。她再次插入針頭，淚水從他眼裡往耳朵流下。

「朱利安？」

他依舊沒有回應，我猜是因為藥物而昏昏沉沉，但顯然他對她的動作有反應。如果很痛卻無能為力，感覺應該很可怕。

我像是在量他的體溫一般把手掌貼在他的額頭上，「她快弄好了。」看見他的血終於流進管子裡，我對他說。抽了五管血之後，她推著車離開病房。朱利安的臉頰依舊是溼的，但機械般的呼吸變得平穩。我坐在只比地板稍微軟一點的折疊床上，環顧病房。

昨晚沒有仔細看，而現在在陽光照射下，我發現這是一間兒童病房，主要的那面牆壁畫了一道大彩虹，彩虹底下動物快樂地生活在一起，這個壁畫比較適合四歲小孩，而不是十四歲男孩，快樂的氛圍也讓我更加難過。

「亞當？」

媽媽站在門口。

「妳怎麼會來這裡？」我問。

她沒有回答我，而是非常驚恐地盯著朱利安。我看見她眼裡的他，骨瘦如柴的四肢、傷痕、電線。

「我上班前都會去看你一下。」她對我說話，但眼睛卻看著他，「你開始自己開車上學之後，我不太適應，因為早上不能看到你。」她嘟起嘴，「你今天早上沒在房間，我很擔心，雖然很蠢，但我第一個念頭是你被綁架了。你小的時候，我時常擔心這件事，我們去超市，你會坐在推車上對每個經過的人大聲打招呼，你完全沒有**陌生人**的概念。我很擔心，所以既然我沒辦法打電話給你，只好打給查理。」

眼淚滑落她的臉頰，我擁抱她。「他不會有事的。」我說。

她抬頭挺胸，態度突然強硬起來。「是，那當然。」

＊＊＊

朱利安整個早上都睡睡醒醒，他如果哭了，護士就會在他的點滴裡注射更多止痛藥，我則在床邊一張金屬椅子上坐立難安。

我收拾餐廳送來的午餐餐盤時，一位高大、黑色肌膚的女士緩緩走進病房。她穿著有墊肩的紫色西裝外套，成套的紫色裙子，脖子上有一條花柄圍巾飄揚，看起來像是從一九八〇年代喜劇走出來的上班族，既高貴又滑稽。

「亞當．布萊克？」她一邊問，一邊伸出做過護甲的手。

「什麼事？」我有所戒備地和她握手。

「我被指派為朱利安的監護人。」

〈51〉亞當

這位女士很正式地給我名片，上頭寫著：德洛絲．卡特，合格臨床社工。「他的訴訟監護人。」她補充，「由法院指派的。像這樣的情況，在確定永久監護人之前，必須有人替他做決定。」她環顧病房，聚焦在折疊床上的棉被，「你自己一個人待在這裡嗎？」

「對。」

「你的母親呢？」

「我已經十八歲了。」她吸了吸鼻子，顯然一點也不訝異，「朱利安不需要監護人，我剛才和我媽談過，她會去找法官。她以前是他的寄養家庭媽媽，而我已經十八歲，所以我們可以做決定——」

「等等、等等，深呼吸。」

我照做，要是她打算把我踢出去，我也準備好要反駁她。

「我還沒和朱利安正式見過面，不過我並不打算要把他和朋友隔離開來，那樣做對他一點好處也沒有。」

我喃喃說道：「謝謝妳。」然後坐下來，身體覺得異常虛弱。

德洛絲找來另一張金屬椅子，「他們以前都那樣做。」她的聲音很溫柔，但卻有股深沉的力量，彷彿看遍人世間所有事。

「嗯？」我試著要專心聽她說話，我知道我必須在這位女士面前表現出負責任的態度，但我非常緊張不安，又非常疲憊。

「他們會把人趕出去。禁止爸爸進產房，禁止家人進來病房，但現在已經不會了。」

「為什麼？」

「因為有愛他們的人在身邊，病人才會好得快。」

我的眼睛又開始泛淚，心裡冒出一股恐慌。天啊，難道我又要……沒錯，我又哭了，這次這位我才剛認識的女人，把我的臉輕壓在她有墊肩的紫色肩膀上。

我沒有退開。

＊＊＊

五點的時候，小翠拿著用玉花盆裝著的異國花卉來到醫院，我不曉得是什麼花。她看起來一如往常，很完美，頭髮整齊地盤繞著，彷彿只是去舞會途中順道過來。

她和我媽今天早上一樣，看見朱利安後停下所有動作，不發一語。我拿下她顫抖的手抱住的花，放在角落的櫃子上。我朝走廊點頭，她跟了過來，走廊上有另一幅壁畫，是由微笑的美人魚、鯊魚、海豚和其他魚類，組合成的海底派對。

「我不知道他是這個模樣。」她小聲說，我點頭，她不需要替自己解釋。「麥特載我來的，他和卡蜜拉在樓下，他們想上來，但不曉得合不合適。」

我雙手抱胸，靠在牆上，旁邊畫了一隻我所見過最快樂的章魚。「還沒，還不到時機。」

「你看起來很累。」她說，「你應該睡一下。」

「就只會叫我睡一下。」

她畏縮，藍色眼睛露出困惑又受傷的神情，但我沒有道歉。她的髮型很完美，不知為何我看了很煩。

「亞當……」

「我該進去了。」

她抓住我的手，但我沒有握緊。

〈52〉亞當

在醫院的第二天和第一天差不多，朱利安睡覺，我走來走去、坐下、吃著醫院餐廳送來的難吃食物。大部分時間都沒事做，有時德洛絲和媽媽會來，另外還有只敢走到走廊的幾位朋友，現在病房裡有一堆花、氣球、填充玩偶。

我坐在朱利安床旁邊的金屬椅子上，這時他突然醒過來，我跳了起來。他伸手狂亂揮著，想把鼻管扯掉。

「不行。」我說，把他的手拉下來。

他彷彿從惡夢醒來似的靜止不動，眨著眼睛。「亞當？」這是從我帶他來醫院到現在，第一次聽到他說話……真的只過了一天半嗎？

「什麼事？」我抓住他，確保他的手不會再亂揮才放開，然後用腳把椅子勾上前。「你還好嗎？」

這個問題很蠢，因為他手腕的骨頭還以奇怪的形狀凸出來，糖水點滴藉由針頭流進他的手，在血管裡擴散開來，機器把氧氣打進他的肺部，另一臺機器測量著他的脈膊和血壓。

他沒回答我的問題，而是小聲說，「學校放假嗎？」他的聲音很混濁，像是喉嚨發炎一樣沙沙的。

「我不知道，我今天沒去學校。」我看了時鐘一眼。

「因為……」他低頭看著胸膛上的白色貼紙，然後用手摸著連接鼻子的管子，我正準備叫他住手，他的手臂卻先行無力地垂在一旁。「因為放暑假。」

「暑假？不是……還有幾個禮拜才放暑假。」

他一臉困惑又驚恐，我以為測量心跳的機器會像電影演的那樣，開始大聲嗶嗶叫。

「已經是下一年了？」

我不懂他的意思，毫無邏輯，就像那晚他叫我為星星打開行李箱。「下一年？」

「我錯過了下一年，我錯過了夏天。」

「沒有，現在還是同一個學年，我們還沒放暑假。」

他的身體稍微沉了一點，閉上眼睛。「那就好，我每次都會錯過。」然後他又睜開眼睛，再次恐慌，而我轉頭看著機器螢幕。「可是我應該錯過了啊，我在裡面那麼久，我有數過，後來數不下去了。我在貝殼裡，然後貝殼消失，我不曉得我在哪裡。我知道你會消失，大家都會消失。」

「在貝殼……？朱利安，你是在行李箱裡。」

「貝殼，我獨自在貝殼裡。」

我的恐懼和擔憂迅速升高，打算要找護士過來，但我不能離開他，我不希望因為自己的沮喪，害他也心情不好，所以我試著冷靜說話。「是行李箱。」

他搖搖頭，看起來像電影慢動作。「你……確定？」

「我確定。」

「多久？」

「我不知道。我發現你的時候，你已經離開學校十九天。」

他閉上眼睛，眼皮粉嫩、半透明，「亞當？」為了讓他知道我還在，還能聽他說話，我彎身靠近他，「感覺……不像十九天，像是一千年……比我的生命還長。為什麼？」

我必須穩住我的表情，因為又開始了，我的喉嚨再次出現灼熱感，想哭的衝動再次出現。我已經好幾年沒有哭了，現在卻停不下來，雖然我決定要冷靜，卻還是不得不一直眨眼，把眼淚吞回去，但是淚水像是我關不掉的水龍頭，不停湧出。我深呼吸，試著回答他的問題。

「你一定感覺永無止境吧。」

「可是為什麼呢？」

「因為是非常糟糕的事情。」

「可是為什麼好的事情不會感覺永無止境？一切都很快速……就消失了，我想要倒轉時間……讓時間慢下來。為什麼時間是這樣運作的？為什麼在不想待的地方就會慢下來，可是快樂的時間會快速流逝？」

我再次抹掉臉上的淚水，「我不知道。」

雖然窗簾拉上，沒有風景可看，但他依舊凝視著窗戶。接著，他的頭像是停止運轉的機器人，用力抖了一下倒在枕頭上。

〈53〉亞當

朱利安再次醒來的時候，我媽和德洛絲都在病房裡。德洛絲對他很好，凡事為他著想，而且以不強迫的態度盡量讓他吃點東西。可是在她們停止對他說話前，他都沒有反應，然後他的注意力轉向沒開啟的電視螢幕。

「你要看電視嗎？」我邊問，邊拿起床邊的遙控器兼護士按鈴，他沒有說不要，所以我打開電視，轉著頻道，轉到迪士尼頻道時，他點頭，這一臺正在播我好幾年沒看的喜劇，劇情是關於一位有魔法的青少女。

他非常專心地看，這時克拉克警官和他的朋友出現在門口，「我們要和朱利安‧哈洛談一談。」

德洛絲站起來，穿著亮粉紅色套裝的模樣看起來高大、令人畏懼。她把一張名片塞進克拉克手裡，堅定地告訴他自己不會離開這間病房，他露出印象深刻的表情。

「好吧，」他說，「除了監護人以外，其他人離開。」

朱利安睜大雙眼，沉入床裡。

德洛絲抬頭挺胸，「他們留下來的話，他會比較自在。」她對他說。

她和克拉克爭辯了好一會兒，然後他用手指指著我，「只要你安靜，不要搗亂，就可以留下來。靠著那面牆。」克拉克很喜歡叫我靠牆站好，媽媽對此很惱怒，但沒說什麼。

「孩子，」克拉克對朱利安說，「我需要你告訴我們，究竟發生了什麼事。」

穿著病袍的朱利安看起來好瘦小，身旁的警察全都站著包圍他。朱利安沒有回答，開始玩弄骨折手指上的繃帶，我看得出來克拉克很不耐煩。

「我們必須知道，所以如果你肯配合的話，我會很感激。」

朱利安顫抖著點頭，接著首次用小聲、結巴的語氣，說明他被鎖在行李箱裡的經過，過了一會兒我甚至無法注視他，只好盯著牆壁上微笑的綿羊圖畫。

他說完後，我心裡好痛苦。

「你知道你的姨丈現在在哪裡嗎？」克拉克依舊是那副語氣，毫無同情心，快把我氣炸了。

「可能在工作？他常常在工作。」

「你的姨丈已經一年多沒工作了。」克拉克生氣地說，彷彿認為朱利安說謊。

我的視線從快樂的綿羊，轉到朱利安身上，他疑惑地睜大眼睛。「可是他都會出門上班，他總是——」

「如果你知道些什麼，」克拉克說，「必須告訴我。」

「可是我不知道。」

「你們可以給他一點時間嗎？」我說。

「小子，」克拉克用非常高傲、不悅耳的口氣叫我，「你到外面去等。」

朱利安比剛才更加驚慌。

「他不希望我離開。」我指著那個顯然嚇壞了的孩子。

「你拒絕離開這間病房嗎？」警察從容的語氣似乎是要激怒我。

德洛絲站起來想介入，但她還沒開口，我媽先站到我面前。

克拉克的手摸著自己的槍套，「女士，請妳退後兩步。」情況突然變成有生命危險的一二三木頭人遊戲。

「她看起來有威脅嗎？」我生氣地說，雙手抱胸，而且幾乎想拿攝影機把我完全失控的這一刻記錄下來。

「如果你不閉嘴，」克拉克站到我面前，「我會逮捕你。」

「你不能。」我氣急敗壞，「你不能因為某人講話而逮捕他。」

他用一隻手拿出手銬，舉在空中晃，「我會以妨礙調查逮捕你。」

媽媽沒遵守退後兩步的命令，抓住我的手，「亞當，走吧。」

「你在開什麼玩笑？」我質問克拉克，「看看他！」

媽媽抓住我的衣服，「亞當，走。」她的行為也讓我氣到不行。那位會替大家承擔一切的人到哪去了？朱利安臉色蒼白，躺在床上發抖，克拉克卻對我微笑。我張開嘴巴，德洛絲迅速對我搖頭。

「朱利安，我就在外面。」我說。儘管怒氣沸騰，我還是離開了。

〈54〉朱利安

我醒來後，看見亞當睡在旁邊的椅子上，嘴巴張開，一本物理課本攤開在他的大腿上。一位高䠷護士走進來開心和我打招呼，把他驚醒，他揉一揉臉，課本、筆記本和筆全掉到地上，不知怎麼辦到的。

「我聽說你準備好要洗澡了。」護士微笑，為我感到驕傲，她手上拿著一個粉紅色塑膠盆，裡面放了一件乾淨的病袍、小瓶洗髮精和沐浴乳。

「對。」我必須洗澡。我很臭，有行李箱的味道。

護士幫我拔掉點滴時，她和亞當繼續聊著她的兒子，想必這個話題從我睡覺的時候就開始了。她把針頭留在我手上，用塑膠布裹起來，提醒我千萬別碰到水，接著她的手往下伸，開始解開我病袍的綁帶。

「妳在做什麼？」我退縮，她嚇到了，好像不曉得出了什麼問題。「我可以自己來。」

我臉紅，不過這只是我在醫院裡，遇到的一百件尷尬情況之一。醫護人員會問很私密的問題，觸碰你私密的部位，而且他們才不管當下病房裡有什麼人。

「我可以幫他。」亞當提議。

「小心別讓他摔倒。」

「不會的。」

住院剛開始的幾天我使用導尿管，然後進階到塑膠桶，接著我終於可以自己走去上廁所，儘管如此還是受到監視。

護士一離開，我便把雙腳挪到床邊，「我可以自己走。」我告訴亞當。

「我知道。」不過他還是走在我旁邊，一直到我進入浴室，關上門為止。我的腳步有點搖晃，必須抓住牆上的銀色扶手，才能把病袍脫下來。我想起以前小時候的空手道服裝，折疊和綁帶的方式都一樣。空手道是另一項我因為太難而放棄的事情，但現在每一件小事都變得很難，像是鬆開帶子、呼吸、思考。

頭上的燈泡閃爍，發出吱吱聲，好像快要爆炸。我的呼吸變得很沉重，但我不確定是因為行動太耗體力，還是因為恐懼。我想離開這個小空間，但我依舊必須洗澡。**你很臭，**我可以聽見羅素這樣說。

沒有人知道羅素現在在哪裡，警察認為他躲起來了，可是我無法想像羅素躲躲藏藏。無論他在哪裡，想必很生氣，因為我離開了行李箱。

我拉開浴簾，裡面沒有需要跨過去的浴缸，或是其他欄杆，不曉得為什麼病房沒有淹水。我走進去，站在固定在牆上的椅子邊。拉上浴簾後，燈光再次閃爍，突然這個淋浴空間開始縮小。

我聽見自己脈膊的聲音，鼻子開始冒汗，我無法呼吸。

我拉開浴簾。

我瘋狂轉著門把。鎖住了。

我開始抓著門，痛苦呼叫，撞擊骨折的指頭。我用力拉開門，往前倒。

「怎麼了？」亞當快速跑到我旁邊問，「你沒事吧？」我的膝蓋彎曲，眼睛往上尋找某個東西，星星。他抓住我的手臂，穩住我。「發生什麼事？」

「我不知道。」

他點頭，似乎覺得我已經解釋清楚。他依舊抓著我，同時給我一條浴巾，「你要躺回床上嗎？你不一定得現在洗澡。」

「我必須洗乾淨。」

「如果門不要關上會好一點嗎？」

「我不知道。」

這一次亞當和我一起走進浴室，他靠在牆邊，「洗吧，我在這裡等你。」

我走進淋浴間，拉上浴簾。「亞當？」

「我在。」

我轉開水龍頭，水並沒有非常冷，但也沒有很熱，我快速清洗，漸漸開始覺得頭暈不舒服。我的膝蓋發抖，於是我抓住旁邊的金屬扶手。我想起以前騎腳踏車的模樣，我可以騎得很快，可以一直騎下去。我可以恢復到那麼強壯嗎？

我把薄浴巾包在腰間，然後走出去，亞當遞給我一件乾淨的病袍，可是我想穿真正的衣服。我靠在他身上，走回床邊，然後他拿了內褲和睡褲給我。

他按下呼叫鈴，通知護士我已經洗好澡，她可以幫我插回點滴，接上血壓和脈搏測量機器。淚水刺痛我的眼睛，我不想他叫護士過來，我只想要有幾分鐘時間可以不接上任何儀器，像個可以到處走動的正常人。我想要我的身體再次屬於我。

〈55〉亞當

我搞不清楚自己在這間病房待了多久。我有離開一小段時間……那不過是昨天的事情嗎？朱利安睡著了，所以我跑到走廊另一邊的訪客小廚房，從小冰箱裡拿了一個布丁。走回去的路上，我聽見他因為醒來周圍都沒人，所以在哭，從那時開始我就沒離開過病房。

警方依舊不知道羅素在哪裡，這讓我心神不寧，像隻待在森林裡的鹿一樣有不祥預感。

朱利安沒有吃東西，儘管昨晚護士像強硬的奶奶一樣責備他，在她嚴厲的注視下，他也只是縮在床上，喃喃地說：「我肚子痛。」

「你一定要吃東西。」她堅持，「我們必須讓你恢復健康的體重。」

他稍微讓步，又喝了一瓶蛋白質奶昔，但依舊不碰固體食物。

現在已經過了午夜，他睡著了，電視依舊開著。有一次，是昨天嗎？我試著把電視關靜音，但是他相當恐慌地醒來，說太安靜了，所以現在電視隨時都開著，固定播放卡通頻道或是迪士尼頻道，或是任何給小孩子看的頻道。

我躺在窗邊的折疊床上，掃視媽媽幾個小時前買給我的新手機裡的簡訊。她認為朱利安和我那一晚可能都會死掉，這麼一來就是她的錯，因為她沒有立刻買新手機給我。

我收到一大堆簡訊，大部分是小翠和查理傳來的，但也有一堆是從來沒有傳簡訊給我的人傳的，我不曉得他們究竟是真的關心，或者只是好奇。我決定全部都不回，所以我把手機關機，蓋上薄被子，閉上眼睛，試著在電視非常亮的光線下、小孩子高八度的語調，還有節目的罐頭笑聲中睡著。

＊＊＊

我在冰箱的紙箱裡醒來，這個紙箱和我記憶中一樣，只不過比較小一點，也或許是我長大了。戴倫的昆蟲圖片覆蓋紙箱每個表面，每一隻都有古怪的史前生物軀體，可是每一隻看起來都很悲傷，畢竟他幾乎都獨自待在這裡頭。

我的注意力被一張銅色背殼的巨大甲蟲照片吸引，牠有長長的觸角，黑色皮革一般的翅膀，閃亮的黑腳上有十幾個關節。我盯著照片看，突然一根觸角抽動。

我往後跳開，頭撞到後面的牆，但紙箱完好無損。我呼吸急促，瞇著眼盯著照片。這只是一張照片，不是真的甲蟲，但在我的注視下，兩根觸角彷彿能感應到我似地伸直，一瞬間一千顆黑色閃亮的眼睛眨著，紙箱裡傳來巨大聲響。

嗡嗡、唧唧、嘎嘎。

好幾百萬隻甲蟲現身，在空中飛來飛去，在牆上爬來爬去，擠滿整個紙箱，覆蓋我的肌膚。

亞當。

我用力踢，用手捶牆，但牆變成了金屬。我尖叫，可是沒人聽得見。

亞當。

我無法逃脫。

「亞當！」

我半坐半躺在病房的折疊床上，沒有蟲，沒有吵雜的聲音，只有朱利安身上的機器發出的聲響。我坐起來，依舊沒有方向感，很害怕。朱利安看著我，電視螢幕發出的光照在他臉上。

「你做惡夢了。」他說，「你還好嗎？」

不好，我依舊很恐懼，這個病房太狹窄。「嗯，抱歉，不是故意吵醒你。」

「你夢到什麼？」

我把棉被踢掉，儘管這裡很冷，我依舊覺得非常熱。然後我站起來，「舞會。我有三個女伴，而她們不知道彼此存在。」

朱利安輕聲笑了，他發現這和我們這一週看過的五集青少年喜劇的劇情一模一樣。

「當然她們後來都發現了，然後聯合起來計畫可怕的復仇。」

他又笑了，在厚厚的棉被底下，他看起來就像個小孩子。

我看了時鐘一眼，「很晚了，你繼續睡吧。」

他點頭同意，但是直到我躺在折疊床上，把棉被拉到下巴蓋好，他才閉上眼睛。

〈56〉亞當

朱利安正在看一齣關於雙胞胎兄弟經營旅館的難看電視劇，而我想寫完微積分作業卻心不在焉，這時查理探頭進來。

「我可以進去嗎？」他問。

「嘿，兄弟。」我說。我轉頭看朱利安，他點頭。「進來吧。」

查理環顧病房裡的鮮花和氣球，他在畫了許多快樂動物的病房裡，顯得很巨大又格格不入。「我什麼都沒有帶來耶。」

「沒關係。」我告訴他。

他非常尷尬地站在那裡，我往他的方向踢了一張椅子過去，我們三個靜靜地看了一會兒電視，然後一位護士走進來，說朱利安該去做檢驗了。她把朱利安移到輪椅上，推他出去。

查理依舊盯著電視，喃喃說道：「他看起來好慘。」

「你應該看看他上週的模樣。」

「是啊，」他一臉罪惡感，「我想來，只是我不曉得是否……我不確定是否……」

「沒關係，查理。」

又是一陣長長的沉默，只有機器的聲音，接著他用認罪般的語氣說道：「我以前忌妒過他。」

「我知道。」

「我是指真正的忌妒。」充滿罪惡感的眼睛盯著他自己的手，「我不知道原因，但我忌妒到想朝他的臉揮一拳。」

「可是你並沒有那樣做，你從來沒有真的傷害過誰。」冰淇淋車的音樂響起，他的目光依舊朝下，「又一個嬰兒。」

「什麼？」

「這個音樂，表示有嬰兒誕生。」

「那個……」他露出虛弱的笑容，「……是我弟弟。」

＊＊＊

幾個小時過後，媽媽待在醫院陪朱利安，而我幾天以來第一次離開醫院。能夠伸展一下雙腿感覺非常好，所以我從色彩繽紛的兒童病房，輕快跑向醫院其他慘白的區域。

我在燈光只亮了一半的走廊上發現查理，他抱著一個用黃布包起來的小生物，他的手掌甚至比嬰兒身體還長。他對我微笑，不是冷笑，是真誠的笑容。他周圍沒有其他人，所以我猜他爸應該是回家照顧那九百萬個小孩了吧。

「這就是希夫嗎？」我問。

他搖搖頭，「我叫我媽換個名字。」

「換成什麼？」

「艾利安。」

「艾利安？」

「對，和那套書一樣，小時候我很喜歡那套書。」

「我也是。」

查理低頭看著那張小臉蛋，「他很可愛對不對？」

確實。雖然看起來像隻沒有毛的沙皮狗，但他是個新誕生的人類，有著全新的眼睛和……天啊，又來了，喉嚨的灼熱感，胸腔裡的壓迫感。

「亞當？」查理想當然非常驚慌，他大概以為我快要死掉了。我擦掉流下臉頰的淚水，但依舊源源不絕湧出，或許我現在的樣子和緊張崩潰差不多。

查理站起來，把嬰兒放到一臺小嬰兒車裡，然後他像科學怪人一樣舉起手，彷彿想要擁抱別人。如果查理·泰勒真的來擁抱我，那一定是世界末日降臨了。他的科學怪人手臂逐漸靠近。

世界末日來了。

〈57〉亞當

媽媽看著朱利安，朱利安看著電視，而小翠拿著一個紙袋走進來。「你的作業。」她露出緊張的笑容。我和她一起來到走廊上，站在海底派對前方。

「我有傳簡訊給你。」她說。

「我有收到，抱歉。」

「我知道待在這裡壓力很大。」

「是啊。」我們之間有股緊繃和不協調感，我們似乎已經不是一週前的我們了。「謝謝妳拿這個過來。」

「亞當？」她的臉色蒼白，藍色眼睛睜大，我發現她的頭髮披散在肩膀上。「算了。」她突然轉身，「沒事。」

過一會兒等朱利安睡著後，媽媽問我：「你和小翠還好嗎？」

「很好啊，怎麼了？」

「你怪怪的，好像在生她的氣。」

我深深嘆息，說實在的，現在有更重要的事需要煩惱。「我為什麼要生小翠的氣？」她沒有回答，只是看著我，我真希望大家可以把心裡真正的想法說出來，或是說出真相，只有一次也好。要是我當時有說出真相……可是我沒有，我聽了小翠的話。

說實在的，我知道這不是她的錯，但我腦子裡一直不斷冒出一個念頭，要是我當時帶他去我家，我也許就會打電話報警。要是我報警了，接下來這些事就不會發生。但這樣可怕的念頭只能在腦中想一想，永遠無法說出口。

〈58〉亞當

「你得回去上課。」現在是星期日晚上，德洛絲在朱利安病房外的踢踏舞龍蝦壁畫旁責備我。

「我沒辦法。」她很清楚，我不在的時候他有多恐慌。

「你已經一個禮拜沒去上課。如果想爭取朱利安監護權的女人，有個曠課的兒子，你覺得法官會怎麼想？」

肯定比曠課還嚴重。這個禮拜是期末考，要是我沒去考試，就不能畢業。「為什麼醫院不乾脆讓朱利安出院？」

「只要他開始進食就能出院。」

「他有在進食啊……一點點啦。」

「我聽說了，蛋白質奶昔，不算是**食物**。他不能再繼續這樣下去了。」

我知道我應該要強迫他吃東西，但我也知道這裡提供的食物就跟微波食品一樣噁心。要是你已經吃不下飯，這樣的食物可是一點也無法激起胃口。

「那麼他一整天要做什麼？他不能自己獨處，他必須——」

「他不會孤單的。樓下有青少年團體諮商課程，對他應該有益。」

「天啊，他一定會討厭死的。」

「但這樣他就不會孤獨一人。」

後來等到大家都離開，只剩朱利安和我兩個人時，我說：「你真的要開始吃東西。」

他一臉驚訝，有一點防備，「可是我不餓。」

「除非你吃飯，否則他們不會讓你出院。」

「你可以……」

「什麼？」

「把食物倒掉嗎？假裝我吃完了？」

「不可以。」

他的肩膀下垂，一副被打敗的模樣。「我不餓。」他又重複一次，眼睛盯著嚼蠟一般的雞肉、煮得太爛的四季豆，以及很硬的圓麵包。

「至少試試看布丁，好嗎？我在走廊另一邊的冰箱裡拿的，有巧克力和香草口味。」我一手拿著一個揮舞，「你想要哪一種？」

他露出噁心的表情搖頭，「都不要。」

「那就香草口味。」我把塑膠膜撕開，插入湯匙。

他雙手抱胸，臉上擺出幼兒園時我逼他念書的同樣生氣表情。要不是情況太糟糕，我可能會笑出來。

「朱利安，把這個吃掉。」

他像困惑的小狗一樣把頭歪一邊，身體往後靠在枕頭上。

他吃了一小口，發抖，有一瞬間我以為他會吐出來，結果他又吃了一口。

「繼續吃東西，你就能快點出院。你想出院對吧？」

他猶豫了稍微久一點，「對。」

〈59〉朱利安

他們還不讓我走太遠的距離，所以亞當推著坐輪椅的我，德洛絲走在我們旁邊。我受不了太明亮、吵雜的走廊，他逼我吃下的早餐到現在還讓我頻頻作嘔。

德洛絲今天早上來了之後，表示希望我參加一個青少年團體諮商，那些人原本都監禁在六樓的精神病房，現在已經出院，定期回來門診。聽到德洛絲要我一整天和精神病患相處，亞當看起來並不太驚訝。

我們搭電梯到一樓的途中，他們兩個開心地聊天。亞當推我走過迷宮一般的走廊，進入一間有兩排窗戶的白色大房間，陽光刺痛我的眼睛。

房間較遠的一頭擺了大約二十張塑膠椅，圍成一個圓圈，有半數的椅子上已經坐了年紀較大的孩子。我是唯一一個沒有穿著正常服裝的人；唯一一個穿著睡褲和醫院防滑襪的人。

一個頭髮剃光的女生立刻看向我，對我的住院手環和輪椅投以同情的眼光。兩個男孩在爭吵，其中一位身上穿了很多環，接著他們站起來，對著對方的臉大吼大叫。其他青少年試圖讓他們冷靜下來，一位穿著白袍的女人擋在他們中間。

「我不想待在這裡。」我小聲說。

「你不會有事的。」德洛絲說。

亞當推我過去，進到圓圈裡。

「你是新來的。」光頭女孩說。

「不要，」我立刻回應，「我不要待在這裡。」我無法呼吸，「亞當。」

他快速把輪椅轉向，害我頭暈，然後迅速把我推到房間另一頭。他在一個放滿美術用品的書櫃前停下來。

德洛絲彎腰，「和我一起深呼吸。」她大聲、深沉地吸氣，「慢一點，不要從胸腔，要從你的橫隔膜。」

「沒辦法，很痛。」

她敲敲我的胸膛，「你這是恐慌的短呼吸，試試看慢一點。」

「我不需要深呼吸，我需要離開！」

「朱利安。」她的語氣堅定，「亞當今天必須回去上課，你要待在這裡。」

「我沒辦法。」空氣好稀薄，「他們太黑暗了。」

「德洛絲，別這樣，」亞當說，「我可以再陪他一天。」他蹲在我面前，用袖子擦掉我臉上的淚水。

她把他拉起來，在他耳邊說悄悄話，我唯一聽見的完整句子是：「別拖下去。」

他嚴肅點頭，「會很好玩的！」他的聲音突然變得很大聲，充滿虛假的歡樂。他從架子上拿了一罐培樂多黏土，刻意舉高，「你喜歡美術。」

「我不喜歡美術。」

「可是你說過——」

「那是騙你的，我不喜歡。」

「嗯……你喜歡寫故事，那邊有一堆瘋子，你有題材可以寫很多好故事給我看。」

「亞當！」我分辨不出德洛絲是不是假裝責罵他，「朱利安，我必須鄭重告訴你，在這裡聽到的都要保密。」

保密，我討厭這兩個字。

她唐突地對亞當點頭。

他的表情異常開朗，「好了，去加入他們吧。」他把我推回那一個圓圈，「一放學我會立刻過來。」他承諾，然後他把輪椅固定住，以防我自行推開。

亞當

學生餐廳和往常一樣，溫度高，擠滿了人，很危險。但不知為何，這股噪音讓我很煩躁。我很疲倦，但醫院的咖啡害我很亢奮，我擠進傑斯和麥特之間的位子，坐在我對面的是查理和艾莉森，幾個我今天早上沒見到的朋友擁抱我，詢問朱利安的情況。

「他沒事。」我回答，現在實在沒心情聊這件事。

我無法克制地一直抖腳，但目前為止沒有人叫我停下來。我心不在焉地聽著大家聊天，同時想著上一堂課我去見薇洛克醫生的情形。她和皮爾斯校長都在辦公室裡，並肩站著，他握著拐杖，看起來非常生氣，同時薇洛克醫生問我：

你知道嗎？

我是不是早就知道發生了什麼事？我是不是知道卻沒告訴她？

我來回看著他們兩人，然後坦承：對，我知道。

她露出非常可怕的生氣眼神，你應該早點告訴我。

對不起，我說，喉嚨抽動，眼睛突然一片模糊。她轉身離開，用力甩上辦公室的門。

「你都沒吃。」麥特說。我花了點時間才明白，他是在對我說話。

「我想這就表示我不餓。」他驚訝地睜大眼睛，因為我的口氣不太好，但我真的很煩，不想道歉。

「天啊！」傑斯響亮的聲音吸引整桌的目光，「快來人記錄下來，五月二十六日，亞當·布萊克心情不好。」

查理搖頭，分別依序向傑斯、小翠和我投射神祕的目光，傑斯一臉羞愧，對他們投射抱歉的眼神。看來他們用眨眼和搖頭，創造了一種新的摩斯密碼。

我抬起頭，發現所有人都在注視我，彷彿我是他們必須小心翼翼對待的精神病患。我的手臂和腿開始癢得要命，一定是因為咖啡因作祟，我無法繼續坐在這裡了。我沒有多說什麼，直接離開。

＊＊＊

一整天都是這樣的情況，毫無目標地等待每節課結束。我感覺有一股轟隆隆的緊張感逐漸增強，腦袋裡擠了太多念頭，不曉得朱利安是不是隨時都是這種感覺。如果真的是這樣，他到底是怎麼過日子的？他怎麼能不被這些感覺榨乾，安然走在學校走廊上？我甚至覺得有這種感覺的時候，額頭應該會出現明顯的烙痕才對。

我正往第七節課的教室走去，突然被一個不明顯的障礙物絆倒，撞到一位我好像認識的男生。他不是我這個年級的，可能是三年級，但是他比我高，比我壯，稜角分明的下巴和嘴巴看起來像迅猛龍一樣。

「小心一點，王八蛋。」他冷笑，彷彿我是故意跌倒撞到他似的。

「我又不是故意的，王八蛋。」

他快速抓住我的上衣，把我往牆邊推，我的臀部撞到一臺飲水機，把水壓了出來，但我的背部懸空，所以我手腳尷尬地揮舞。整個走廊上的人都好奇地圍過來看，嗜血的孩子們圍繞著我們，他們興奮的態度讓我很沮喪。

這傢伙像職業拳擊手一樣，惡狠狠地瞪著我，把我固定在飲水機上，露出所有尖銳的牙齒，但一句話也沒說。

「所以你要揍我，還是要放我走？」

我的問題似乎讓他措手不及，他鬆開抓住我領子的手。

我挺直身體。後面的連衣帽已經溼掉了，水浸溼我的肌膚。他往後退讓我離開，我感覺到群眾非常失望。

＊＊＊

你打架？

有時候很難從簡訊分辨一個人的語氣，不過如果是查理，他在簡訊裡肯定是大吼大叫。

不是打架。我一邊走在色彩繽紛的兒童病房區，一邊回傳簡訊。

到底發生了什麼事？

他要不是很擔心，就是對我另眼相看。我不在乎此刻他是什麼心情，所以把手機塞回口袋裡。

我看見朱利安坐在病房窗戶前的椅子上，拿著筆記本寫字。德洛絲坐在他旁邊，她穿著亮黃色洋裝，戴著橘色帽子，像是春季廣告裡的人物。她對我打招呼，然後拍拍朱利安的背，告訴他自己要離開了。

「諮商好玩嗎？」我一屁股坐在金屬椅子上，問道。

「我還必須再去嗎？」

「有那麼糟嗎？」

「有。」

「怎麼說？」

「他們要我們說話。」

「說什麼？」

「關於自己的事，我們遇到所有的好事。我們必須先寫下來，然後大聲念出來。」

那的確聽起來像是朱利安的地獄。「你寫了什麼？」我伸手要拿他的筆記本，他退開。

「要保密。」他說。我想他是故意這麼說的，真有趣。

「只要再過幾天，你就可以離開了。」

「羅素……」

我的笑容抖動，「羅素怎麼了？」

「你覺得他還會想要和我住在一起嗎？」

「就算他想要也沒用，你不會再回去那間房子。」他並沒有鬆一口氣，反而像是快要吐了。「你想要和羅素一起住嗎？」

他搖搖頭。

「那為什麼要問？」這幾天我一直覺得很困惑，就像一個只會講英文的人被空投到俄羅斯一樣。

「我沒有別的地方可以去。」

朱利安很聰明，可是有時候他真的無知到難以置信的程度。「你要和我一起回家。」我還以為他知道這件事，「你來住院後，我媽一直在爭取你的監護權。」

「真的嗎？可是……」

「什麼？」

「嗯，之前……」

「什麼之前？」

他搖搖頭，我真的很洩氣又困惑。「上一次。」

「什麼上一次？」

「我……我知道我造成很多麻煩，你和凱薩琳受不了，我知道。」

「誰說你造成麻煩？」

他沒有回答。

「羅素？」

他聳聳肩，然後點頭。

「天啊，朱利安，他說謊，並不是我們決定讓你離開的，是他。你知道他不讓我們去看你，我媽有多麼難過嗎？」

朱利安露出懷疑的表情，我氣炸了。

「嘿！」我語氣尖銳，他嚇得縮了一下，「我不會騙你。」朱利安驚訝地睜大眼睛，有些警戒，我依舊很洩氣，但這股情緒漸漸減少，又或者只是分裂成幾個小部分，像飛彈一樣鎖定羅素，鎖定小翠，鎖定我自己。「我不會騙你。」

〈60〉朱利安

我在這個有太多窗戶的房間裡，和大家圍成圓圈坐著，等待分享開始。我看著其他孩子聊天、擁抱，想起去年秋天我和亞當一起去聽演唱會，看見他的朋友彼此有多親密。這些孩子曾經一起被監禁在醫院裡，他們像家人一樣喜愛、討厭彼此。

安妮，那個有紅潤圓臉頰、把頭髮剃光的女孩，坐在我旁邊的空位，突然開口問我：「誰害你坐輪椅？」

過去幾天以來，她是除了醫護人員外，唯一和我說話的人。其他孩子都有一股近乎可怕的強悍，但是她柔和甜美，就像秀蘭・鄧波爾，要是秀蘭・鄧波爾年輕時遭遇讓情緒崩潰的困境，就會像她這樣。

「沒、沒有啊。」我說，「我只是……身體虛弱，因為我沒有吃飯。」我看得出來她不相信，而且我身上還有一堆傷痕、瘀青、骨折的手指，實在丟臉。

指導老師是有著棕色刺刺短髮、穿著白袍的女人。她坐下後，我們像平常一樣設定目標，然後一一念出來。我超討厭這樣，這比學校還糟，學校老師認為你都別開口說話最好。

分享一個小時後，我們接著寫日記。我用雙手轉動輪椅，把自己推到房間角落。

到了午餐時間，廚房送來食物，我的是唯一一盤蓋子上有貼名字的，因為我必須吃特殊的清淡飲食。我盯著烤雞、糙米、紅蘿蔔片和優格看，沒辦法想像自己吃下這些東西，但我知道亞當一定會問，而我沒辦法說謊。

我打開原味優格的蓋子，小心翼翼地吃一口，口感很奇怪，不是固體也不是液體，比較像是……牙膏。我作嘔，吐在餐巾上。

＊＊＊

回到那個圓圈後，我一直在玩弄T恤的衣襬。睡褲雖然很長，但腿交叉的時候，我可以看見小腿上冒出的黑毛，看起來很奇怪。我穿著醫院的襪子，但我想和其他人一樣穿一般的鞋子，可是我的球鞋還放在羅素家某個角落。

指導團體諮商的女人從一個塑膠盒裡抽出一張問題，**你想改變生活中哪一件事？**沒人想要先回答，所以我們照順序輪流。

指導人又抽出一個問題，**如果你可以勇敢面對一個曾經傷害過你的人，你想說什麼？**再次照順序回答。

她來到我面前，我搖頭，她似乎不太滿意，但繼續走向那個全身穿滿環的男生。他說出自己痛恨媽媽的原因，以及他認為她應該死掉的原因。

接著是安妮，她用輕柔微弱的聲音，說她想面對沒有血緣的哥哥克里斯。她告訴我們她和克里斯老是吵架，有時候還會打架。有一天，她因為太害怕，所以跑到鄰居停在車道的汽車下躲藏，克里斯找到她，抓住她的腳踝，想把她拉出來。她伸手想阻止他，沒想到車子底下的引擎依舊很燙。

安妮舉起手臂，讓我們看那長長的燙傷疤痕，她繼續訴說自己如何被燙傷、嚇到，她如何哭喊著告訴克里斯她很痛，但他根本不在乎。他蹲下來，把手伸到車子底下，抓住她的頭髮，把她拉出來。

安妮羞愧地把頭轉開，我想像她沒有血緣的哥哥高大又強壯，再想像她被燙傷、很害怕。「我們家裡發生的事，」安妮說，「你們不會相信的。我其實覺得他很可憐，我是那麼笨……」她繼續羞辱自己，可憐他，替他的行為找藉口，彷彿他確實有權力傷害她。

才不是。

〈61〉亞當

終於塵埃落定，我媽拿到了朱利安的臨時監護權。德洛絲來到病房向我們道別，我跟著她到走廊上，她用力擁抱我。「亞當，你知道嗎？我會很想念你。」

「我也會想念妳。」

「我知道你們一離開這裡，就不願再想起這段時光，但如果還是忘不了，隨時可以來找我。」

「我會的。」我再次擁抱她，「德洛絲，妳……有羅素的消息嗎？」

「沒有。」她嘆氣，「警方去詢問了很多人，他們只知道去年因為公司一位女性出了意外，所以他被解僱了，除此之外大家好像都不太了解他。」

「聽到他沒有工作實在很奇怪，朱利安說他經常出差。」

「他上一份需要出差的工作已經是四年前的事了，而且他也是被解僱的。」

「他到底怎麼支付生活費？」

「是朱利安在付。」

「什麼意思？」

「朱利安的父母各自有留保險理賠金給他，那筆錢應該是要用來照顧他的。」

我想起朱利安破舊的衣服、鞋子、沒有手機，再想起羅素的西裝和名貴車子。「王八蛋。」

「沒錯。」她嚴肅地說，「聽著，亞當，警方對羅素發了逮捕令，不過目前為止只是針對虐童，你明白我在說什麼嗎？」

「可、可是，」我結巴，「怎麼可能？他想殺他耶。」德洛絲慢慢點頭，「你認為羅素會脫身，對不對？」

「我不知道，這種事很難說。他這樣逃跑，會讓人覺得他有罪，但老實說根本沒有人在追他。不過羅素似乎不知情，這樣反而對朱利安是好事。」

〈62〉朱利安

是什麼困住了你？

團體諮商像往常一樣開始，其他孩子翻了翻白眼，抗拒這個他們覺得很蠢的問題。我沒有坐輪椅，而是坐在圍成圓圈的其中一張椅子上，穿著亞當今天帶給我的全新球鞋。鞋子是亮紅色的，我可以想像自己穿著這雙鞋跑步的模樣。

沒有人說話，但空氣中彷彿有電線揮過一般的緊張感。這群孩子盯著地板、天花板、窗外、自己的手，我閉上雙眼，可以感覺到痛苦從圍成圓圈的每個人身上散發出來，像煙一樣。

指導人再次問道：是什麼困住了你？等你結束這個諮商，回到自己的生活後，什麼能夠阻擋你？什麼會阻擋你過你想要的生活？什麼會阻擋你自由？

我同時看見了所有困住我的事物。不只是羅素，還有我自己；我的恐懼。

害怕說話。

害怕嘗試。

害怕爭取。

害怕夢想。

想起我失去的人，然後害怕失去更多。

指導人繼續追問，幾位孩子終於喃喃說出答案，他們假裝不在乎，但其實非常在乎，而且大家都像我一樣，早就知道這些問題的答案。很快的，他們連珠砲般說出答案。毒品、藥物、父母、老師、他、她、恐懼、朋友、我、我、我。

那天晚上，我靠自己的雙腳站著，屬於我自己的答案還存在我腦中。我拿著日誌走回病房，寫下我自己的牢籠清單。

〈63〉亞當

「我必須回去。」朱利安說，「回去羅素家。」

我們從醫院回到家還不到一個小時，他的瘀青已經消退，但還是看得見，眼睛和嘴巴周圍彷彿沾了汙垢。他的手指依舊骨折，纏著繃帶，背上的疤痕大概一輩子都不會消失。

「為什麼？」我問。

「我需要拿回一些東西。」

「你有仔細找過嗎？」德洛絲和警察幾天前去了那間房子，從他房間打包了物品給他。

「沒有全部拿來。」

「要是你需要衣服，我們可以買新的。」

「不是那樣，是……原本放在行李箱裡的東西。」我們兩個沉默了一分鐘，彷彿聽到了那三個字之後，我們都需要時間復原。

儘管我很不喜歡王八蛋克拉克，但我還是說：「好吧，但要先打電話給警察，請他們陪同。」我話還沒說完，他就開始搖頭。

「我可以自己去。」

「絕對不可以。」

他在沙發上坐下，看起來很累。我為他感到難過，因為他終於能夠勇敢表達，但似乎每次說出口都遭到拒絕。

「好吧。」我說，「不要警察陪同，但是我們要帶自己的人一起去。」我在他抗議前先開口，「只能用這個方法。他們會在外面等，好嗎？一切都是為了安全起見。」

「以防羅素出現？」

「沒錯。」

「可是你說過，他想怎樣都無所謂，反正我不會再回去和他住。」

「我知道。」

「所以這又是為什麼？」

因為他想殺你！我想大叫，但有時和他說話就像和五歲小孩說話，有些事情是不能告訴五歲小孩的。

「這件事你可以相信我的判斷嗎？」

「我當然相信你。」

***

朱利安拿著鑰匙站在前廊，卻沒把鑰匙插進鎖裡。對待朱利安有時你得推他一把，有時你得等待。

我轉頭看著查理、傑斯和麥特，我們剛上完高中最後一天課。終於畢業了，他們應該去慶祝才對，但他們卻都在這裡，像保鑣一樣靠在我的車上，我很感動。

朱利安斷斷續續地深呼吸，打開門鎖，我們走進去。我以為會看到調查的痕跡，抽屜會被拉開，桌子翻倒，但這間房子卻依舊如我記憶般，整齊得不可思議。他像在閃避地雷似的，躡手躡腳走過走廊，然後停在他的房間門口。

「那裡面沒東西，」我站到他面前說，「已經都清空了。」我不曉得那個行李箱還在不在房間裡，不過我並不覺得看到那個東西會有任何益處。

朱利安點頭，轉身。他到了房子另一邊，打開一個我從未見過的門，門後是車庫，裡面所有東西都用塑膠箱裝好，貼上標籤。我們搜尋年分較久的那一排，卻沒找到屬於朱利安的東西。

朱利安開始發抖，呼吸困難。

「你要坐下來嗎？」

他搖頭。

我們回到屋內，朱利安再次焦慮地停在一扇門外。他打開後，很明顯能看出那是羅素的臥房，中央有一張古董四柱床，大到我無法理解是怎麼穿過門搬進來的，此外還有和床成套的衣櫃和五斗櫃。

這個房間有股說不出的詭異感，突然我明白了，裡面只有家具，彷彿昨天才搬來住似的。雖然很華麗，可是沒有人住過這裡的痕跡。我假裝自己沒有非常恐慌，但事實上我有，沒人知道羅素在哪裡，萬一……萬一他躲在這間房子裡呢？

「要命！」手機響起時我跳了起來，「沒事，」我對嚇到的朱利安說，「是查理。」然後我接起電話，「我們沒事，只是要找的地方很多。」

「確定不要我們進去嗎？」查理問。

「不用，沒事的。」

我掛掉電話，開始拉開五斗櫃，抽屜裡只有整齊摺好的衣服。朱利安有點猶豫地打開衣櫥，我檢查床底下，依然空無一物，連灰塵都沒有，簡直像羅素趴下來打掃過一樣。

我站起來，發現越來越大膽也越來越恐慌的朱利安，正在翻找衣櫥裡的東西，「不在這裡！」

「我們繼續找吧，還有一整層樓沒找過。」

樓上的客房情況和羅素的房間一樣，只有家具。我打開五斗櫃，裡面完全沒東西，我忍不住想起電視影集《陰陽魔界》[17]，一對夫妻被困在空蕩蕩的奇怪小鎮，結果原來所有物品，包括樹木、房子、動物，都只是外星人小孩的玩具。

我看著臉色非常蒼白的朱利安，叫他坐下，他搖頭。「我是認真的，」我說，「在你昏倒前快點坐下來。」

他坐在床上，儘管這裡沒有多餘的東西，我還是假裝四處看看。「我想他已經扔掉了。」朱利安絕望地說。

我也不禁這麼認為，「還有哪裡可以找？」

「他的辦公室。」

「你站得起來嗎？」

「我從沒說過我需要坐下啊。」

手機再次響起，我跳起來。接通後，我沒好氣地說：「拜託，查理，我們沒事。」

17 Twilight Zone，美國電視劇，結合奇幻、科幻、驚悚等元素。最早於一九五、六〇年代製播，後曾二次翻拍。

「只是確定一下。」他說。

臉色依舊蒼白的朱利安站起來，我們往走廊另一邊、羅素的辦公室走去。我打開門，朱利安跟在我後頭，然後我立刻愣住。「天啊。」

〈64〉亞當

我捕捉到朱利安的表情，和我一樣震驚，然後轉回去看著這個房間，這保證是一個囤積狂的辦公室，塞滿了東西，根本連走進去都很難。

我大步跨過一堆歪斜的紙箱，四處張望。這裡有好幾排跟樓下類似、裝了玻璃門的櫃子，但樓上這些櫃子裡的物品並沒有擺放得像商店櫥窗，要是打開櫃門，所有的東西可能會像卡通演的那樣，全掉落在你身上。最奇怪的一點是，這些櫃子都沒有靠著牆壁，而是相當隨意地放在房間裡。

我閃過搖搖欲墜的一疊書，近距離觀察，其中一個櫃子裡堆滿了古董計算機，也可能是收銀機。另一個堆滿金屬做的簡易雕像，全彎成奇怪的姿勢。牆壁上覆蓋了更多東西，面具、錢幣、一張有著千隻蝴蝶標本的白色大帆布，我想起了小翠，想起她收藏的蝴蝶物品。這個男人收藏所有的一切，光是要把全部東西看完就得花幾個小時。

「我們開始找吧。」我說。

朱利安猶豫地點頭，然後跪下來打開一個紙箱。

這裡實在堆太多東西，我甚至花了一點時間，才注意到牆邊那張桌子。我拉開最上層抽屜，裡面都是基本辦公用品，不過每一種都有好幾個，例如五個釘書機和八把剪刀，下面的抽屜也塞了同樣的垃圾。

我拉了拉左邊最下面的抽屜，鎖住了。我拿了一把拆信刀（他也收集了好幾把）撬開抽屜，此時朱利安正在四處搜尋，把很多紙張和箱子推開。抽屜打開，同時他也驚呼：「在這裡！」

我抬起頭，看見朱利安抱著一本綠色線圈筆記本，我微笑。正打算站起來時，我看見那個抽屜裡放了一件摺好的紅色T恤，上面有卡通狗圖案，很顯然是小孩的衣服。

「這也是你的嗎？」我問。我把衣服拿起來，一個黑色物體掉到地上，是外接硬碟。朱利安瞇眼看著我手上的紅色衣服，「對，那件衣服我有印象，不過已經好幾年沒看到了。」

羅素為什麼要把朱利安的衣服鎖在抽屜裡？而且為什麼要用來包住一個硬碟，還摺疊整齊？朱利安繼續在那個箱子裡挖掘自己的東西，我把硬碟塞進口袋。

「我們走吧。」

＊＊＊

等我們回到家後，我才把硬碟給朱利安看。其實一開始我沒打算讓他知道，但後來我沒有詳細考慮，便問：「這是你的嗎？」

「不是。」

「放在羅素的辦公室裡。」

「你拿走了？」

「因為放在你的衣服裡。」他一臉疑惑，但並沒有很擔心，「你介意我看一下裡面的東西嗎？」

「那不是我的。」我把這句話當作允許，所以把硬碟插進客廳的桌上型電腦。螢幕上出現許多檔案夾，裡面全都是影片，我把游標往下移，點開日期最久遠的那一個。

螢幕上出現一個發抖的小男孩，背對著攝影機，站在羅素的客廳裡。羅素出現在鏡頭前，他在男孩身旁顯得很巨大，他手上拿著一根細長鞭子。

我開始反胃。

把上衣脫掉，羅素說。

男孩脫掉上衣，用一隻手抓住另一邊赤裸的上臂。

轉身。

朱利安

是我。年紀和體型都比現在小，大概只有九或十歲，不過確實是我。我看見我的臉，在鞭子落下前，因為恐懼而扭曲。我看見我的眼睛，在緊閉之前流露出痛苦。我看見自己哭喊時是什麼模樣，而且這也是我第一次看見羅素的模樣，在我轉身後從未見過的表情。

「他錄下來？」我小聲說，「為什麼他要錄下來？」

「朱利安。」亞當叫了我的名字，卻沒再繼續說下去。

男孩開始尖叫。

「所以他才能反覆觀看？」

我盯著我自己，同時感覺亞當轉頭看我。

「是這個原因嗎？」

男孩的尖叫聲變大。

「天啊。」亞當慌亂地關掉影片，我們沉默不語，白色的方塊裡還有更多檔案夾。

「刪掉。」

「不行。」亞當說，「這是證據，我無法——」

「拜託。」

「我們必須讓警察看看這個。」他抽出硬碟。

「給我。」

「不行。」他強硬的語氣，以及他手上握有我的祕密，這兩點讓我眼睛開始泛淚。

「你不能給別人看。」我想像警察、探員、法官、所有人看見我哭泣，看見我……我不希望他們或任何人看我。「有些影片更糟糕。」

「怎樣更糟糕？」

「有些……我……我全身都沒穿衣服。」

「你說你沒穿衣服是什麼意思？他到底對你做了什麼？」

我感到一股無法承受的羞恥感，彷彿他能看透我。

「朱利安，他做了什麼？」

我搖搖頭，用手指壓住眼睛，「一樣。」我終於開口，「和剛剛那個一樣……只是我沒穿衣服。求求你刪掉。」

「我**沒辦法**。」亞當的聲音沙啞，「我不會給別人看，但我不會刪掉，還不到時機。」

螢幕現在沒有畫面，但我依舊能看見羅素的臉，他在我轉身後的表情。背對別人的時候，是無法真正了解這個人的。「你想看。」

「天啊，不是。」亞當露出快要吐的表情，「我只是不想做蠢事，把這些影片扔掉就是蠢事。為了以防萬一，我要保管。」

「萬一什麼？」

「萬一他又出現。」

〈65〉亞當

「你想把房間漆成什麼顏色？」媽媽問朱利安。她臉上有著很詭異、過度開心的表情，這表示她其實很擔心，但卻假裝自己很開心。

客房現在是朱利安的房間了，但原本的擺設非常女性化，白色藤編家具，到處都是粉紅和黃色雛菊圖案，牆上還掛了一頂白色草帽。此外，房間裡還有她以前養的那隻波斯貓米頓的錶框照片，到處都是。

朱利安環顧房間，「不需要改變牆壁顏色。」

「你確定嗎？」媽媽問。

「不要緊。我是說，很好看。謝謝妳，凱薩琳。」

「怎麼可能不要緊。」我爭論，「睡在這樣的房間，你要怎麼偷偷帶女生回來？」

「喔，亞當。」媽媽覺得有趣，同時又想責備我。

朱利安一臉疑惑，「我不會偷偷帶女生進來房間。」

「不行，」我說，「一定要重新油漆。」

＊＊＊

大約十點左右，媽媽坐在白色藤編床邊緣，把朱利安當五歲小孩一樣，幫他蓋棉被，而他要不是真的不尷尬，就是太有禮貌不敢反抗。雖然時間還不算太晚，但我已經累得想上床睡覺。我閉上眼睛，卻關不掉腦中的聲音，那個我稍早聽到的尖叫聲；我也無法克制自己去想，以前那些早該注意到的明顯又奇怪的跡象。

例如朱利安常常請病假，還有他的姨丈要他刮腿毛。之前我認為那個男人只是有潔癖，可是現在……他難道想讓朱利安看起來像女生嗎？或是像小孩子？無論哪一種，都讓我的胃非常不舒服。

天啊，我完全睡不著，以前失眠的時候我都怎麼做？

想些正面的事。

我盡量，盡量試試看。

〈66〉亞當

我大概真的太天真了，以為朱利安出院後，一切都會變好。第一天晚上，我下床時差點踩到他。他用所有的棉被和枕頭，在我的地板上鋪成床墊。從此每天晚上都這樣。

白天也沒好到哪裡去。我到哪裡他都跟著，即使我只是去廚房或是上廁所。他想一直跟在我身邊倒不要緊，但糟糕的是他不願意離開屋子，完全拒絕，這表示我也不能出門。我們家並沒有醫院病房那麼狹窄，但是過完第一週我就受不了了，我需要出門，我需要呼吸新鮮空氣，我需要五到七分鐘待在廁所的時間，而且沒有人站在外面等。

查理下午突然跑來我家，我開心得想擁抱他。「你要不要出去吃東西？」他問，「朱利安，你也一起來。」

朱利安一臉警戒，沒有回答。

「不了，我們待在家裡就好。」最後我這樣說。

查理聳聳肩，舉起幾套電玩，過不久我們就坐在電視前的地板上，朱利安則坐在沙發上看。我問他想不想玩玩看，他回答：「我們家從沒有買過電玩。」說得好像如果父母在世時沒發生過的事，往後就永遠不會發生。

接下來一週，我們的例行公事就是這樣，查理打工下班後拿著電玩過來我家，我們打電動，朱利安在一旁看。直到有一天查理對我說，我過於亢奮的雙腿快逼瘋他了。

「出去跑步。」他命令。

朱利安坐直，顯然很擔心，查理不斷忘記要按搖桿。

「不要緊，」我說，「我很好。」

「你一點都不好，你很煩。你最後一次離開家是什麼時候？」查理全身往旁邊傾，想把他的賽車再次拉回軌道，他猛烈地按搖桿，但賽車依舊從懸崖掉落。「靠！」他把搖桿拿給我，然後又搶回去，「我要再玩一次。去吧，到戶外去，我來當保母。」

我轉頭看朱利安，他並沒有覺得受辱，反而比較擔心。

「我們不會有事的，對不對，朱利安？」查理說。

朱利安對我點頭，一點說服力也沒有，不過我是如此渴望離開屋子，所以我假裝他是真心這麼認為。我穿上運動褲和運動鞋，告訴他們我不會跑太遠，然後我就出門了。

陽光照耀的感覺真棒。天啊，我都忘記自己有多麼喜歡跑步，買車前我幾乎隨時都在跑步。我真的該強迫朱利安離開屋子，一直待在室內非常不健康；每個人都需要維他命D。不過如果要硬拖他出來，想必是不可能的，他雖然是個安靜的孩子，卻也超級頑固。

我跑過轉角，加快速度，全身彷彿更加輕盈，腦袋變得很清晰。我頓時明白，無論現在情況有多糟，都只是暫時的，我可以看見未來的大藍圖。事情都會恢復原狀，甚至更好，我知道。

我繼續跑了幾個街區，開始微微出汗。我已經出來至少一小時，朱利安大概恐慌到了極點。

我轉身，往家跑去。

我氣喘吁吁、滿身大汗地回到家時，看見朱利安坐在查理旁邊的地板上，用兩手拿著電動搖桿，而查理正在幫他加油。

〈67〉亞當

午夜時分，我發現媽坐在客廳觀看《家庭大對抗》，但卻一點精神也沒有，甚至沒有大聲罵參賽者是笨蛋。我在黃色沙發上坐下，坐在她旁邊，她直接了當地說：「我很擔心你。」

「為什麼？」我很驚訝地問。

「你太沉著。」

我笑了，「要是我精神崩潰，妳會比較開心嗎？」

「你還是沒有和小翠聯絡，你不出門，可是你卻在屋子裡跳來跳去，裝得很開心。」

「等等，妳是擔心我太沉著，還是擔心我假裝很沉著？」

「我不知道。」

「我沒事。」

朱利安已經在我家住了將近一個月，沒錯，生活確實有些調整，沒錯，他依舊睡在我房間的地板上，不願意走出屋子，可是一切都越來越好，我每天都能看見情況漸漸好轉。

「我是認真的，亞當。」

「拜託請把妳的擔心用在朱利安身上。」我不再用開玩笑的語氣說話，她注意到了。

「什麼意思？」

「走到哪裡都要和人吵架，把事情搞大的人是妳。」

她畏縮，「你真的是這樣想的嗎？」

「妳不需要擔心我，出事的人是朱利安。」

「我當然擔心他，毋庸置疑，但不代表我就不擔心你。你很快就要搬走，我只是想要——」

「我沒有要搬走。」

「什麼？」

「我不搬走。」

「你不去讀大學。」她語氣冷淡。

「我當然會去讀大學，我只是不搬去宿舍，我要通勤。」

「太扯了，你不能——」

「我還以為妳會很開心，妳明明一直說妳會多麼想念我。」

「我確實會想念你，」她嘆氣，「非常想念，但是我並非不要你搬出去。」

「反正我不會搬走。」

「朱利安不會有事的，亞當，我把你養育得很好不是嗎？」

「非常好。」

她笑了，喃喃說道：「古靈精怪。」然後她再度變得嚴肅，我希望她不要這樣，我已經經歷過太多嚴肅的事情了。「我知道你想照顧他，每一個和你親近的人……他們都非常需要你。」

我們沉默了一會兒，心不在焉地看著節目裡的決賽。一陣子後她說：「你這樣的人需要接觸人群，不能一直獨處。」

「我沒有獨處。」

她對我皺眉，彷彿我是故意唱反調。「如果你不出門，就請大家過來。你之前計畫的畢業派對，現在依舊可以辦。」

「有點太遲了吧。」

「辦就是了。」她有點過度堅持一件無關緊要的事。

「我不知道。」

「辦個小派對，這樣對你比較好，對你們兩個都比較好。」

「好吧……也許只邀請幾個人。」

「例如小翠？」

「也許吧。」

〈68〉朱利安

和小翠十二月舉辦的派對比起來，這場派對規模很小，只有十五至二十個人，但製造的噪音依舊難以招架。我打開後門，走到後院，坐在一棵大樹底下的草地上，樹枝垂得很低，像簾子一樣遮蔽我。

上一次我走到戶外，是我們去羅素家那天。我們回家後，亞當把車停進車庫。他一直告訴我，我需要呼吸新鮮空氣，但像貓一樣坐在窗前可不算數。我心裡有一部分很懷念陽光，懷念以前我騎車騎得很快的感覺，但每次我幻想自己離開屋子，就會看見像海洋一樣的藍天，沒有牆、海岸、邊際，我看見自己消失不見。

今晚亞當的朋友抵達後，我看得出來他們有多想念他，大部分朋友直接表達自己的思念，少數幾位就只是盯著他，彷彿永遠看不膩他的臉。他們也對我很友善，幾乎要來擁抱我，但終究沒有，可能是怕碰到我就會傷害我。

我深呼吸，肺部擴張，有一點痛。

空氣聞起來甜甜的，很溫暖，很真實。也許亞當說得對，我應該到戶外，感覺很不錯。我把手指插進草裡，壓入泥土中，想像媽媽站在我們舊家後陽臺，用手擋住照射眼睛的陽光。

我依舊能聽見屋裡傳來的音樂，不過我離屋子有點距離，只聽見節奏，沒聽見歌詞。我閉上雙眼。

「朱利安？」這個聲音像生鏽的回音一樣，在我腦中響起過一百萬次。

我立刻睜開眼睛，羅素的身影出現在敞開的柵欄門旁，只離我幾呎。他朝我走來，我想逃跑或是大叫，但沒辦法，我完全控制不了自己的身體。

羅素經過後陽臺，感應燈亮起，我清楚看見他的模樣，沒有刮鬍子，沒有洗澡，表情不開心。他看著我，我明白我無法控制自己的身體，是因為我沒有權利控制自己的身體。

我立刻看向後門，他似乎知道我在想什麼。他快速蹲下，然後朝我撲過來，全身重量壓在我身上，一隻手抱住我的肚子，把我往後拉近他的胸膛，另一隻手勾住我的脖子。我的肩胛骨可以感受到他的心跳，他的下巴壓在我頭頂上。我可以聞到他的氣味，是泥土味和汗味，他兩隻手纏得更緊了，這是我們有史以來最接近擁抱的姿勢。

「你為什麼離開？」他問，「你告訴我，你想要再一次機會，可是你離開了。」

「我必須離開，亞當——」

他勾住我喉嚨的手纏得更緊，「我才是接納你的人。我。可是不管我為你做了什麼，你還是痛恨我。」

我抓住他的手臂扭轉，我無法呼吸。

他突然放開我，我痛苦地呼吸，然後轉身面對他。

「我……我不痛恨你。」我真心地說，「我知道你只是不開心。」

他眼裡閃爍著混亂的希望。「那麼你要和我一起走嗎？」

我想起影片，想起他打我時臉上的表情。他一直找理由處罰我，不是真的為了管教我，而是因為他享受那個過程。

「不，你傷害我，就算你不開心，也不可以傷害別人。」

他的表情彷彿結冰，然後碎裂。「我從沒碰過你，」他咆哮，「這些年來，我從沒侵犯過你。」他靠近，眼裡彷彿著了火，「不是嗎？」

我搖頭。

「我大可以碰你，但我沒有，你完全沒思考過這件事，沒思考過我必須做的事。」陽臺的燈光熄滅，我們陷入黑暗裡，但其實無所謂，我從來沒有正確辨識過他的表情。

我感覺有一隻手勾住我的喉嚨，身體感覺一陣痛楚。我應該要害怕，但我只感覺麻木。我記得爸爸的手、媽媽的手，記得雙手真正應該做的事。

他加重手指的力道，把我像木偶一樣拉起，讓我站好。他開始把我拖向柵欄門，麻木的感覺消失，我張大嘴，他朝我的嘴巴摑掌。我踢著腳，抓住他的手臂，突然覺得脖子有溼溼的東西抵住，接著是尖銳的牙齒刺痛。

羅素從腰部抽出一個東西，我認得，那是和鞭子放在同一個櫃子裡的東西。「這是我父親的槍。」他說。

「我、我很遺憾你的父親過世了，我也很想念我的父親。」

他開始大笑，並把頭轉過來，月光剛好照在他臉上。那是一張小丑的嘴巴，近乎冷笑的表情，「你以為我想念我父親？我**恨死**他了。」

「我、我……」

羅素又笑了，他把槍放在手掌上，像供品一樣拿到我面前。「他以前時常講當一個男人應該怎樣，但我老是覺得遵照他那些規矩很可悲。他說一個男人應該依賴自己的力量，而不是快到看不見的金屬小東西。」他扣上扳機，「可是子彈速度很快，有時候事情就是要速戰速決，不是嗎？」

我試著點頭。

「亞當就是要速戰速決的事情。」

我想說話，但羅素用一隻手死命掐住我的臉，牙齒咬到口腔內，我嘗到血的味道。

「你知道事情發生得多快。前一分鐘還活著，下一瞬間……」他放開我的臉，彈了手指，「……他們就死了。」我的身體同時發冷又流汗，「所有人，死掉。」

這次他拖著我，我的身體癱軟。我沒有自行走路，也沒有反抗，任由他把我拖離房子，往柵欄門走去，任由他帶我到任何地方。

亞當

最近我在想，每次我感到緊張或是擔心之類的，是否都是不祥的預兆。因為發現朱利安不在他的房間、不在廚房或是家裡其他地方後的感覺，可能只是我壓力太大，也可能是真正的不祥預感。

我打開後門，陽臺的燈光照亮兩個身影，朱利安和羅素。他的大手勒住朱利安的脖子，把他往柵欄門拉去。

我跑了起來，大叫：「住手！」

他們愣住，羅素臉上有一股很可怕的恨意，以前從未直接衝著我來。他慢慢舉起一隻手，表情轉變為十分滿足。

我以前一直認為，如果有槍對準我，我會曉得該怎麼做。如果你像我一樣看了一百萬部超級英雄電影，你會以為自己能對壞人說些聰明的話，然後也許再迴旋踢掉他手上的槍。然而我卻感到一股從未嘗過的恐懼，腦筋一片空白，結結巴巴，做出電影裡笨蛋才會做的事：試著對拿槍的瘋子講理。不能這樣做，不能。

「沒關係，羅素，」朱利安說，「我會走，我想跟你走。」

我聽見身後的門打開，「亞當，你——」是小翠。她尖叫，接著又傳來幾個人害怕的聲音。

我媽哀求。

有人在哭。

有人在跑。

全都是不該做的事，他們會害他恐慌。

羅素的手臂讓人窒息。

朱利安的臉在哭泣。

槍越來越近，越來越近，最後冰冷地抵在我額頭上。

我現在什麼也看不見了。想要阻止他，我必須有辦法看見他，但我的眼裡都是淚水，視線一片模糊。我閉上眼睛，感覺眼淚不停落下。

突然發出的聲音和氣味，讓我想起了煙火。

〈69〉亞當

查理和羅素在草地上翻滾，查理比較高，可是羅素體型較大，看起來強壯非常多。就在我閉上眼睛的某一刻，查理衝過來擒抱他，然後槍肯定是掉了，肯定是走火了。

槍在哪裡？

朱利安在地上倒退爬著，那兩個人持續扭打。

我沒看到槍。

查理占了上風，雖然我不曉得他是怎麼辦到的。他用膝蓋撞擊比他強壯的男人的胸膛，把拳頭舉高，再直擊羅素的臉。我目睹他打斷羅素鼻子的瞬間，帶有水聲的斷裂聲傳來，血流如注。

羅素吼叫，兩隻大手握在一起，像大鎚子一樣朝查理的頭敲，查理倒在草地上，發出重擊地面的聲音，他就倒在依舊目瞪口呆的朱利安旁邊。

我看見槍了。

查理、羅素和我同時行動，但羅素的速度最快，查理像美式足球後衛一樣擒抱他，接著又傳來煙火爆炸聲，查理和羅素倒下時，我還在耳鳴。現在他們兩人都一動也不動地躺在地上，兩人衣服前面都有血。

＊＊＊

有兩隻手臂緊抱著我，我試圖掙脫。

「沒事了，寶貝，沒事了，你很安全。」我媽不斷重複著。我心不在焉地聽著，心不在焉地看著擠滿院子的朋友，他們大多數都在哭，有幾個驚慌地打電話。

我掙脫媽媽的手，倒在草地上。「查理？」

他沒有動。

朱利安完全靜止坐著，簡直像一幅靜物畫。

「查理！」我大叫。

他哀號，坐起來。

「天啊！」我深深吸了好大一口氣，「你沒事吧？」

他低頭摸著自己被血浸溼的上衣，很困惑又害怕。「我沒有受傷。」他說，「除非是受到衝擊。我有受到衝擊嗎？」

我發出瘋狂、歇斯底里的笑聲，「不，我想是他的血。」我對著羅素點頭，羅素用惡狠狠、似乎還未完全死亡的眼神看著我。

我依稀聽見我媽像個指導老師一樣，恢復理智，把哭泣的孩子們集合起來，要他們進屋去。小翠牽著朱利安的手，把他當小孩一樣帶離後院。

「我沒有……這是意外。」查理結巴，「我只是想……」他爬開，在草地上擦拭顫抖、沾著血的手，然後往後靠在柵欄上。「他要帶走朱利安，他要殺你。」

「我知道。」

「我阻止了他。」

「我知道。」

〈70〉亞當

不曉得小翠到底是怎麼找到我的。我並沒有告訴別人我要去哪裡，我只是出門，一直走，最後到一座湖邊無法再前進了，我才停下來。她在我身旁溼漉漉的草地上坐下，我們盯著藍綠色的湖面，好幾分鐘都沒交談。

她打破沉默，「我還記得小時候我們會一起來這裡，那個樹枝上不是有綁一條繩子嗎？」她指著我頭上延伸至湖面的樹枝。

「是一條水管。」我回答，「有人溺水後，就被拆掉了。」這是我胡謅的，我其實完全不曉得，那條像泰山會使用的水管為什麼不見。此時她一臉憂鬱地盯著湖泊，彷彿可以看見溺水之人的鬼魂，看來這個亂編的故事很適合她。

「你還好嗎？」我和查理坐在後院看著羅素死掉不過是一個禮拜前的事。當時我盯著他的眼睛，查理則看著天空，然後發生了一件我無法解釋的事。羅素的眼睛充滿恨意，滿到讓眼神看起來好空虛，像玻璃珠一樣，非常空洞。

發生這麼多事，我以為朱利安的精神狀態會更糟，然而他卻似乎更堅強了，現在會以正常的音量說話。感覺他以前很害怕說話，害怕無論自己在哪裡，羅素都會聽見。

我記得朱利安小時候非常固執，但也許這樣反而好，無論發生多少可怕的事，意志力的力量依舊沒有消滅。而我，我只是經歷了一件壞事，經歷了一個可怕的夜晚，但我就……

「我很好。」

「我到底做了什麼？」小翠怒吼，嚇到了我，也嚇到幾呎外游泳的鴨子。

「妳沒有做什麼啊。」

「那麼你為什麼不跟我說話？」

因為我是個笨蛋，就像不存在的布萊特一樣笨。因為我把朱利安的事情怪到她頭上，但其實錯的是我。

「你知道我有多害怕嗎？」她哭了，臉上滿滿的紅斑，彷彿滾過毒藤蔓似的。「我以為他要殺了你，你脫險以後，我這輩子從未如此感恩過。我再也不會把一切視為理所當然，我以為你也有相同的感受，可是你沒有。我愛你，但你卻連和我說話都不肯。我說過了，」她啜泣，「我說過我會崩潰。」

我們彷彿回到了那座迷宮中央，我被大量的後悔和愛衝擊，這比心臟病發還糟糕。

「對不起，小翠，我沒辦法，我現在根本幫不了任何人。」

「你當然可以。」她把泛紅臉頰上的淚水擦掉，「你幫了他，你是如此勇敢——」

「勇敢？我一點也不勇敢。我一看到那個男人就應該湧起殺人般的憤怒、做點什麼，但我只是站在原地哭。真正做點什麼的人是查理，而我甚至不確定他喜不喜歡朱利安。」

我們又沉默了，然後又是小翠先開口：「每個人都注視著你，你自己甚至不曉得，你……你走進一個地方，身上好像會發光。」

我笑了，但不是開心的笑聲。「是啊，我的超能力就是發光。」

「你微笑的時候……我奶奶稱之為靈魂笑容，她說有些人的靈魂非常溫暖，所以會散發出來，觸碰每一個擦肩而過的人。」小翠再次擦臉，「幫助人的方法有很多種，亞當，做好事的方法有很多種。」

不曉得是因為恐懼、悲傷，或是這一個月以來經歷的情緒，我現在很尷尬，因為我又快哭了，於是我用平常的方式回應：「妳是不是又要說什麼我之所以很美，是因為我不知道自己有多美？我恐怕承受不住。」

「你是啊，」她的聲音有股我從未聽過的溫柔，我無法再開玩笑，只能凝視著她。「很美。」她的手指小心翼翼地觸碰我的臉，彷彿我是易碎物品。

〈71〉亞當

朱利安用客廳的桌上型電腦不停打字，而我一邊看電視，一邊傳簡訊給小翠。他突然跳了起來，盯著電視，現在正在播旅遊節目。

「我可以借你的筆記型電腦嗎？」他這樣問很奇怪，畢竟他已經在使用電腦了。

「呃，可以。」他把筆記型電腦從茶几上拿走，跑進房間。過了一會兒，我聽見玻璃碎掉的聲音。

我走進朱利安的房間，看見一張鍍框的米頓相片砸在牆邊，我跨過玻璃碎片，試圖開玩笑。「我早就說過，我們可以重新布置房間。」

朱利安若不是不想理我，就是根本沒聽見我說話。他坐在床中央，身體緊繃地上下抖動，臉因為過度專注而皺成一團，整個人朝一本打開的線圈筆記本傾身。他像盲人讀點字一樣，用手指摸過上面每一個字。

「朱利安？」

他越來越激動，最後手指戳破了紙張。

「朱利安。」

他不停用手指戳破紙張，並且小聲自言自語。我走過去抓住他的手腕，他靜止不動，然後抬頭看我，眼睛大睜，幾乎快超出那張臉。我放開他，坐在床角。

「為什麼她不寫標題？」他低頭看筆記本，問道。

「什麼？」

「標題。這些都沒有標題，我一直確信這些紀錄是有意義的。」

我靠近一點，看著紙張上整齊圓潤的字體。

阿爾瑪，科羅拉多州
布賴恩峰，猶他州
陶斯滑雪谷，新墨西哥州

「這是誰寫的？」

「我媽。這整本筆記本全都是清單，我一直認為這些城市、這些清單肯定很重要，否則她不會寫下來，我只需要搞懂究竟是什麼清單，你懂嗎？」

我點頭，但其實我不懂。我不懂試著去認識、了解已故的人是多麼痛苦的事。

「我終於弄懂這個清單是什麼意思。」他指著放在床頭櫃上的筆記型電腦，網頁顯示美國高海拔城市清單。「現在一切都說得通了，這上面寫的電影是每年的最佳影片，這些歌曲是每年的冠軍單曲。」

「所以……這樣很好啊，你終於搞懂了？」

「很好？」朱利安露出非常凶狠的表情，讓我很不安。「這些全都只是把事實記錄下來而已，根本不能幫我了解她。她寫了這麼多清單，可是完全沒有意義！」

他突然開始激動地撕掉筆記本上的紙張。

「一切都沒有意義！人就這麼走了，他們沒有完成使命。」他抓住已經扯下來的紙張，再撕成碎片。「我們並不是完成使命後才死掉，我們就只是死掉而已。」他把綠色紙板從銀色線圈上扯掉，最後整本筆記本只剩下銀色線圈。「你知道我是怎麼知道的嗎？」

我搖搖頭。

「因為如果可以選擇，他們不會丟下我一個人。我了解他們，他們還沒有完成我這個使命！」

他整個人像關上的百葉窗一樣縮起來，身邊被一堆紙包圍，然後他開始啜泣。我看著他卻什麼也幫不了，真的是很可怕的體驗。

他突然完全安靜，彷彿有人關掉他的音量，然後他用兩根手指捏起一片撕碎的紙張。

「喔，不。」

他又哭了起來，身體往前彎，臉埋在床墊裡。

他抬起上半身，跪著，用雙手抱住肚子。

然後又往前倒下。

以前吃藥很不舒服時，我也會這樣。我又難過又想吐，痛苦到不知如何是好。我應該躺在床上嗎？側躺？仰躺？無論我到哪裡，痛苦都跟著我。我記得媽媽會看著我，卻完全無計可施。

「停止，朱利安，你會頭痛。」

他僵住，表情看起來很震驚。他不再哭得那麼歇斯底里，但轉變為抑鬱的哭泣。媽媽以前不知道如何幫我，可是我記得她會拍拍我的背，我知道朱利安的爸爸以前會按摩他的頭。

幫助人的方法有很多種，亞當。

我像在彈鋼琴一樣，在他臉的兩側伸出手指。

他漸漸安靜下來，茫然盯著牆壁。「我知道。」他聽起來很疲憊，「我知道如果可以選擇，他們不會丟下我一個人，他們一定會確保我受到很好的照顧。」

一瞬間，所有回憶湧現。那些我可能不會知道的時刻，以及他被指派給我的時刻。

「朱利安，」我說，「也許他們有啊。」

〈72〉朱利安

小翠家的後院掛著紙燈籠和金色燈飾，桌子上放滿食物，掛著三角旗，擺了許多氣球、派對帽子、堆積成山的禮物，以及一個大蛋糕。

上一次我拿到生日蛋糕是九歲的那年夏天，我父母買了行李箱給我，告訴我我很勇敢。因為是暑假，所以以前生日永遠只有我們三個人，不會找其他孩子來開派對。那一年我們戴上派對帽，我拆開禮物，然後我們在岩岸散步，我找到一個海螺。

小翠家的後院擠滿了人，野餐桌幾乎坐不下，而我就坐在主位。大家唱著生日快樂歌，看著我拆開禮物，亞當送我一本小說，小翠送我一本日記，得到大家這麼多關注有點難以招架，但我一點也不窘迫。

過了一會兒，我對亞當說：「十五歲好像比十四歲成熟許多，不是嗎？」

他歪著頭，笑著說：「我想是吧。」

我們聽音樂、吃蛋糕，陽光照在大家身上，每個人都像天使一樣發光。亞當和小翠的臉貼得很近，小聲說著我聽不見的話。傑斯拿出吉他，問我要不要唱歌，我搖頭，今天我只想聆聽。查理分送冰棒給大家，每個人吃了舌頭都會變色。七月的最後一天慢慢過去了，可是大家一直聊天、歡笑，好像可以永遠這樣下去。

天色暗了之後，我躺在彈簧床上伸展四肢，一邊聽著我愛的每個人說話，一邊看著完美的夜空。樹上綁著的燈彷彿飄上了天空，美麗得無法一眼看盡。

一萬顆星。

致謝

不久前我對兒子說，我太愛他了，愛到有時覺得胸腔要爆炸，必須深呼吸才行。他回我：「妳應該要看醫生吧。」我有提過他是個自作聰明的小子嗎？

現在我也有同樣的感覺，對我生命中的每個人，感受讓人屏息的愛以及感恩。即使我的編輯給我一年的時間，我依然不曉得該怎麼把這樣的感恩寫成文字。

但我還是寫出來了。

我想感謝以下這些人：

Peter Steinberg。我幻想經紀人一定是聰明、樂於奉獻，而且最重要的是很溫柔。現在我有一位夢想的經紀人了。我也非常感謝國外版權經紀（Jess Regel、Kirsten Neuhaus、Heidi Gall），和 Foundry Literary + Media。

Stephanie Lurie。我溫暖、有智慧、不停鼓勵我的編輯，她對第一次寫小說的我，發揮了敏銳又有耐心的個性。謝謝 Hyperion 的每一個人，他們讓這趟旅程非常歡樂。

Kate Hawkes。你需要她時，她就會立刻坐上飛機來找你，永遠不會批評我，給我非常多的愛。謝謝所有 Hawkes 家的人，我也把你們當作我的家人。

Sandra Francis。妳是無條件的愛的化身。謝謝我在達拉斯的所有朋友（Tracy、Jody、Dina、Daphney、Petra，這個名單還會繼續增加）。因為有她們，我的人生更加美好。

Joshua。他來到我們生命中歡唱，讓我們成為一家人。

Michael。我超級友善、狂野、靜不下來、有用不完精力的褐眼男孩。

還有Joe。曾有好幾年時間，我生了一場大病，無法行走，眼睛看不見，但這段時間Joe都在我身旁，溫柔又風趣，不斷付出，展現超乎年齡的成熟。他告訴我，我一定會好起來。在我真的痊癒之前，他每一天都這樣對我說。

高寶書版集團
gobooks.com.tw

TN 242
行李箱裡的一萬顆星星
A List of Cages
作　　者　蘿賓・洛（Robin Roe）
譯　　者　陳思因
責任編輯　余純菁
封面設計　蕭旭芳
內頁排版　趙小芳
企　　畫　鍾惠鈞

發 行 人　朱凱蕾
出　　版　英屬維京群島商高寶國際有限公司台灣分公司
　　　　　Global Group Holdings, Ltd.
地　　址　台北市內湖區洲子街88號3樓
網　　址　gobooks.com.tw
電　　話　(02) 27992788
電　　郵　readers@gobooks.com.tw（讀者服務部）
　　　　　pr@gobooks.com.tw（公關諮詢部）
傳　　真　出版部　(02) 27990909　行銷部 (02) 27993088
郵政劃撥　19394552
戶　　名　英屬維京群島商高寶國際有限公司台灣分公司
發　　行　希代多媒體書版股份有限公司/Printed in Taiwan
初　　版　2018年 7 月

This edition is published by arrangement with Foundry Literary + Media through Andrew Nurnberg Associates International Limited.

國家圖書館出版品預行編目(CIP)資料

行李箱裡的一萬顆星星／蘿賓・洛（Robin Roe）著;
陳思因譯 -- 初版. -- 臺北市 : 高寶國際出版 :
希代多媒體發行, 2017.07
　　面；　公分. -- (文學新象 ; TN 242)
譯自：A List of Cages

ISBN 978-986-361-527-9(平裝)

874.57　　　107004681

GOBOOKS
& SITAK
GROUP©